KB037751

〈당신은 결국 무엇이든 해내는 사람〉
20만 부 기념 이벤트

카페 공명 전 지점
무료 음료 1잔과 디저트 10% 할인

- 지점별 판매하는 음료 중 1잔 선택 가능합니다.
- 디저트류 구매 시 10% 할인 혜택을 추가로 드립니다.
- 카페 공명 전 지점에서 사용 가능합니다.
- 주문 시 직원에게 쿠폰을 절취하여 제시해 주세요.

Gong Myoung
HAVE A GOOD TIME WITH.

카페 공명 인스타그램을 팔로우하고
자세한 위치와 다양한 혜택을 확인하세요.
@cafegm_

카페 공명 전 지점
FREE COUPON
무료 음료 1잔+디저트 10% 할인
사용 기한 없음

당신은 결국 무엇이든 해내는 사람

김상현 에세이

필름

함께 들으면 좋은 OST

Jackson Lundy - Loverboy

'어디를'보다는
'누구랑' 있느냐가
중요했다.

'무엇을'보다는
'어떻게'가 중요했다.

하지만 제일 중요한 건
'왜?'였고,
'언제?'에 대한 대답은
늘 지금이었다.

추천의 글

저는 스스로에게 '나는 행복하게 잘 살고 있는가?'라는 질문을 던지며 타인이 아닌 제가 생각하는 행복한 삶을 살며 일에 푹 빠져있었습니다. 그러나 최근 팬데믹으로 인해 많은 어려움을 겪다 보니 나만의 행복을 잊은 채 방황하는 시간이 지속되었습니다. 이 무렵『당신은 결국 무엇이든 해내는 사람』을 읽으며, 다시 도전할 용기를 얻고 준비를 마쳤습니다. 김상현 작가의 글을 읽으며 무엇보다도 '나만의 행복한 삶을 찾길 바라는 마음'을 느꼈습니다. 당신은 지금 행복한가요? "YES!"라는 대답이 바로 나오지 않는다면, 긴 방황을 끝내고 이 책과 함께 당신만의 삶에 도전하길 바랍니다.

페블컴퍼니 대표 **이기훈**

책 한 권 읽었다고 해서, 당장의 삶이 변하진 않았습니다. 하지만 이 책을 통해 삶을 바라보는 시선은 많이 달라졌습니다. '어떻게 살아야 과연 잘 사는 걸까' 고민하는 김상현 작가의 글을 보면서, 결국 같은 고민을 하고 있는 제 자신을 발견했습니다. 삶의 작은 경험들을 통해 끊임없이 배우며 성장하는 김상현 작가의 글을 통해 제가 위로와 용기를 받은 것처럼, 당신 역시 이 책을 통해 많은 영감을 얻길 바랍니다. 바로 지금입니다. 어서 책을 펼치세요.

유튜브 '핫도그TV' 크리에이터 **권기동**

카페 공명을 처음 방문했을 때가 생각납니다. 가지런히 책이 놓여있는 공간이 포근하게 느껴졌습니다. 분명 이 카페의 주인은 책과 공간을 사랑하는 자신만의 철학이 있는 분일 거라 생각했습니다. 수많은 매장이 들어서고 없어지는 것이 특별하지 않은 홍대 근처에서 5년이 넘는 시간 동안 꿋꿋하게 자리를 지키며 사랑받고 있는 모습을 보고 '역시나' 하는 생각이 들었습니다. 『당신은 결국 무엇이든 해내는 사람』을 읽으니 일찍이 어떻게 자신이 원하는 바를 찾고 이룰 수 있었는지, 그 뒤에 어떤 과정들과 고난, 경험들이 있었는지 알 수 있었습니다. 누구든 한 번쯤 고민하고 경험해 보았을 일상의 순간들을 김상현 작가의 고유한 시선과 자세로 풀어낸 이 책은, 자신만의 속도로 자신만의 길을 걸어가는 많은 사람들에게 위로와 공감을 넘어 실질적인 가이드가 되어 줄 것입니다.

춘천 카페 '감자밭' 대표 **이미소**

작가의 말

한동안 글을 쓰지 못했습니다. '내가 글을 쓰는 게 맞나?' 하는 의문부터 시작해 '이렇게 사는게 맞는 걸까?', '도대체 어떤 삶을 살아야 하는 걸까?' 하는 불안감에 휩싸인 생각 때문이었습니다. 5권의 책을 써내고, 수십 권의 책을 펴내면서 알 수 없는 불안감은 점점 커져만 갔습니다. 누구는 그 불안감을 보고 중압감이라고도 했고, 잘 사는 것의 반증이라고도 했고, 차라리 부럽다고도 말했습니다. 하지만 저는 그 어떤 말도 공감할 수 없었습니다. 그렇다면 제가 느끼고 있는 이 감정은 도대체 무엇인 걸까요? 분명 잘 살아가고 있는 것 같은데, 어딘가 잘못된 것 같다는 느낌은 왜 드는 것일까요?

바깥에서 저를 바라보면 나름 괜찮은 삶을 살아가고 있다고 생각합니다. 베스트셀러를 냈던 작가, 나름 좋은 성과를 거둔 책이 몇 권 있는 출판사의 대표, 서울의 가장 핫한 동네에서 몇 손가락 안에 꼽힐 만큼 잘되고 있는 카페의 사장이기 때문일까요. 제가 걱정을 이야기하면 "야, 너는 그래도……"라는 말로 마무리되곤 하니까요. 하지만 고민은 계속되었습니다.

'삶에 아무것도 남지 않은 것만 같다.'
'왜 불안한 마음은 점점 커져만 가는 걸까.'
……

저는 그 고민을 이 책에 모두 녹여냈습니다. 풀리지 않을 것만 같았던 꽁꽁 묶어버린 걱정과 불안이라는 실타래를 풀어내는 과정을 담았습니다. 그렇게 6번째 책을 쓰겠다고 마음먹게 되었습니다. 지극히 개인적인 이야기도 담겨 있겠지만, 그 안에 당신에게 일말의 도움이라도 줄 수 있지 않을까 하는 믿음으로 풀어냈습니다.

얼마 전 우연히 영상 하나를 보게 되었습니다. 축구 경기 중 '페널티 킥'을 성공적으로 막아냈던 골키퍼들에 관한 영상이었는데, 축구 선수로서 일생일대의 순간 누군가는 골을 넣지 못해 좌절하며 머리를 감쌌고, 누군가는 골을 막아내 두 팔을 뻗으며 기뻐하는 모습을 마주하게 되었습니다. 그리고 그 시절 축구 선수로서 최선을 다하던 그들은 현재 많이 늙어있거나, 생을 마감한 사람도 있었습니다.

그 영상을 보며 저는 이런 고민이 들었습니다.

'우리 삶에 좌절하고, 극복하고, 넘어지고, 일어서고, 슬퍼하고, 기뻐하는 것이 어떠한 의미를 지니고 있는 것일까?'

그것이 만일 삶이라는 굴레 안에서 우리가 평생 오르락내리락하며 겪어낼 감정들과 상황들이라면, 결국 죽음으로 회귀하고 있는 이 삶 안에서 우리는 어떤 것을 선택하고, 어떤 것을 추구하며 살아야 하는가에 대한 고민이었죠.

우리는 모두 '잘' 살고 싶어 합니다. 잘 산다는 것에 대한 기준은 모두 다르겠지만, 이왕이면 돈도 많았으면 좋겠고, 인간관계도 원만했으면 좋겠고, 사랑도 충분했으면 좋겠고, 하는 일들이 잘 풀렸으면 좋겠고, 건강했으면 좋겠고……. 그렇게 모든 것이 잘되어 행복하길 원합니다.

잘 사는 것에 대한 기준은 모두 다르기 때문에 저마다 자신만의 기준과 방식들로 '각자의 행복'을 추구하며 살아갈 것입니다. 하지만 삶이라는 굴레 안에서 우리는 자주 방황하고, 넘어지고, 아프고, 힘든 상황들을 겪게 될 테죠. 그럴 때마다 어디로 갈지 몰라 영원히 추락하게 되거나, 잘못된 선택을 하거나, 평생 후회할 일을 저지르기도 합니다.

저는 항상 '중심을 잡는 것'에 대해 꾸준히 고민해 왔습니다. 좋지 않은 상황에서 부정적인 길로 쉽게 빠지게 되는 가장 큰 이유는 삶의 중심이 잡혀있지 않기 때문입니다. 하지만 흔들리더라도 중심이 잡혀있는 사람은 쉽게 자신의 자리로 돌아올 수 있는 힘이 있습니다.

저는 스스로에게, 그리고 주변 사람들에게 종
종 "왜 살고 있어?"라는 질문을 던지곤 합니다. 왜
살아가느냐는 질문에 이어지는 또 다른 질문은 "그
렇다면 어떻게 살아갈 거야?"라는 것입니다. 무수
히 많은 대답들이 존재하겠지만, 중심이 잡혀 있는
사람은 '왜' 살아가고 있으며, '어떻게' 살아갈 것인
지에 대한 자신만의 기준과 철학, 즉 자신만이 할
수 있는 대답을 갖고 있습니다.

삶을 조금 더 윤택하게 살아갈 수 있는 방법
들. 우리가 보편적으로 해낼 수 있는 일들. 관계를
맺으며 삶을 살아갈 때 조금은 현명해질 수 있는 방
법들. 항상 명심하고 중심으로 돌아가게끔 만들어
주는 생각들. 우리보다 먼저 삶을 여행한 사람들의

조언들. 어쩌면 우리 모두 알고 있지만, 실천하기까지 많은 용기가 필요했던 일들.

결국 '어떻게 행복하게 잘 살 것인가'에 대해 제가 접한 수많은 책들과 경험 그리고 사람을 통해 얻게 된 여러 대답을 이 책에 풀어내려 합니다. 이 책을 통해 당신이 삶의 중심을 잡게 될 수 있기를, 삶이라는 여행에서 길을 헤매게 될 때, 이 책이 당신의 영감이 될 수 있길 바랍니다. 그리고 결국 무엇이든 해낼 수 있는 당신이 되기를 바랍니다.

차례

PART 1 | 삶에 아무것도 남지 않은 것만 같을 때

PART 2 | 불안하지 않다면 어떠한 고민도 없다는 거니까

PART
3

무엇이 되더라도 무엇을 하더라도

삶에 아무것도
남지 않은 것만
같을 때

걱정하지 마라.

아직 아무 일도
일어나지 않았다.

설령 그 일이 일어나도
당신의 힘으로
해결 가능한 일들이다.

당신의 오늘은 어떤가요

어떤 시간은 빠르게 흘러가고, 어떤 시간은 느리게 흘러가곤 합니다. 특히 붙잡고 싶은 순간들일수록 더더욱 빠르게 흘러갑니다.

어렸을 적 저는 피아노 학원에 다녔던 적이 있습니다. 6~7살의 나이였으니, 자의로 피아노를 배웠다기보다 부모님의 선택이었을 것입니다. 그 시절 저는 피아노 선생님이 내준 동그라미들이 (피아노 한 곡을 완주할 때마다 동그라미를 색칠해야 하는) 너무나

싫었습니다. 선생님이 빈 동그라미 10개를 그려 준 뒤 방을 나서면, 이때다 싶어 저는 10개의 동그라미를 모두 색칠한 뒤, 방 밖에 있는 시계만 물끄러미 쳐다보았습니다. 하지만 원하던 것과 달리 시간은 느리게만 흘러갔고, 시계의 초침은 빠르지도 느리지도 않게 정확하게 정해진 대로 움직일 뿐이었죠. 그걸 멀뚱히 보고 있는 게, 피아노 학원에서의 제 모습이었습니다.

그리고 20여 년이 지난 지금, 저는 작곡을 배우고 싶다는 이유로 다시 피아노 앞에 앉았습니다. 레슨 선생님께서 제발 집에 좀 가라며 제 등을 떠밀 정도로 오랜 시간 피아노를 치며 음악을 배우고 있습니다. 레슨 시간이 어떻게 흘러가는지 모를 정도로 그 시간이 무척이나 즐겁습니다. 문득 어릴 적 피아노 앞에 멀뚱히 앉아 있던 제 모습이 떠오르면서, 지금과 왜 이리 다른 것일까 궁금증이 일었습니다. 답은 너무나도 간단했습니다. 바로 좋아하는 마음에서 오는 차이. 어릴 때에는 부모님의 선택이 저를 피아노 앞에 앉아 있게 했다면, 지금은 제 선택으로 피아노 앞에 앉아 있었기 때문이었지요.

우리가 보내온 대부분의 시간들은 '좋아하는 일'을 찾기보다 '해야만 하는 일'을 더욱 능숙하고 쉽게 처리하게끔 교육받아 왔습니다. 정해진 시간 동안 한 장소에 머무르며, 흥미가 없는 과목일지라도 알아야 하고 더 나아가 풀어내야 하고, 배우고 익힌 것들을 평가받고, 잘하지 못하면 못난 사람이라는 취급을 받아야 했습니다. 이런 상황에서 '좋아하는 일'을 찾는다는 건, 보물찾기보다 더더욱 어려운 일일 것입니다. 그래서 우리는 종종 주변에서 좋아하는 일을 하는 사람을 마주하게 되면 당연하다는 생각보다 신기해하거나 부러워하곤 합니다.

　제가 좋아하는 일은 '표현'하는 것입니다. 글을 쓰는 일도 그 범주 안에 들어갈 테고, 강연을 하는 것도, 작곡을 하는 일도 마찬가지입니다. 카페를 운영하는 일 역시도요. 사람들이 카페에 와서 느꼈으면 하는 감정들과 카페 안에서 커피와 빵 그리고 더욱 편안하게 여유를 즐겼으면 하는 마음을 저만의 방식을 통해 공간으로 표현해내는 이 일이 좋습니다. 또한 제가 생각하는 가치를 출판이라는, 콘텐츠라는 방식으로 표현하고, 읽는 이 그리고 보는 이로 하여금 공감, 위로, 영감, 감동을 느끼게 하는 일 역시 정말 즐겁고 좋습니다.

　하지만 제가 만나본 대부분의 사람들은 자신이 '좋아하는 것'이 무엇인지, '하고 싶은 일'이 무엇인지 모르고 살아가는 경우가 많았습니다. 물론 그 속에는 그럴 수밖에 없는 여러 가지 이유와 사연이 있을 수 있겠지만, 대체적으로 '해보지 않아서' 또는 '자신이 추구하는 의미와 가치가 무엇인지 모르기 때문'입니다.

내가 좋아하는 것, 행복해하는 것을 알 수 있는 방법은 우선 무언가를 해 보는 일에서부터 시작됩니다. 그리고 해 봤던 일들 중 '내가 유독 어떤 것에 끌렸는지' 생각해보고, 끌렸던 일들 중 어떤 걸 할 때 내가 시간 가는 줄 모르고 집중했으며, 어떤 부분이 계속 생각나고, 집중할 수 있고, 꾸준히 반복할 수 있을 것인지 고민해보는 것. 더 나아가 그 일을 반복하고 있을 때, 그 일에 대한 내 시간과 노력이라는 비용이 아깝지 않다는 생각과 더불어 오히려 즐겁고 신이 나는 것. 그 일이 바로 스스로가 좋아하고 행복해 하는 일일 것입니다.

    삶을 살아오며 느꼈던 것 중 가장 확실한 것은 사람은 누구나 적어도 한 가지 이상 특별한 능력을 가지고 있다는 것입니다. 그렇지 않다고 생각하는 사람들을 여럿 봐왔지만, 부정하는 그들 역시 특별한 능력을 갖고 있었습니다. 물론 운 좋게 그러한 능력을 어렸을 때부터 찾아내, 능력에 맞는 직업을 갖게 되는 사람도 있고, 안타깝지만 자신의 능력이 무엇인지 모른 채 살아가는 사람도 있습니다. 하지만 확실한 건 아무것도 하지 않으면 자신이 어떤 능력을 갖고 있는지 깨닫지 못한다는 것입니다. 자신이 갖고 있는 특별한 능력을 알고 싶다면 보다 많이 경험해야만 합니다. 해 보지 않고서는 내가 무엇을 잘할 수 있는지 알 수 없으니까요. 그래서 무엇이든 좋으니, 생각나는 것과 하고 싶은 것이 있으면 무조건

실행해보았으면 좋겠습니다. 처음부터 잘하겠다는 부담감은 내려놓고, 천천히 음미하고 탐구해보는 거지요. 그렇게 꾸준히 하다 보면, 언젠가 자신이 찾고 싶어 했던 그 특별한 능력을 발견하게 되는 날이 올 것이라 믿습니다.

지금 내가 하는 모든 일은 그 어떤 것이든 미래와 연결되어 있습니다. 내뱉는 말 하나, 행동 하나하나가 더해져 모두 다 나의 미래와 이어집니다. 여러 분야에서 성공을 이룬 사람들을 조사한 결과, 한 우물을 파서 성공을 이룬 사람보다 이것저것 다양한 일을 시작하다가 좋은 기회를 만나 성공을 거둔 사례가 훨씬 많은 이유가 이를 뒷받침해 줍니다. 그러니 지금 어떤 일을 하고 있든, 하는 일의 가치를 쓸모없게 여기지 않았으면 좋겠습니다.

하루를 산다는 것은 단순히 하루만 사는 것이 아닙니다. 하루를 살아간다는 것은 오늘뿐만 아니라 미래의 오늘까지 함께 살아가는 것입니다. 지금 내가 아무것도 안 해놓았다면 미래의 오늘 역시 똑같은 하루를 보내게 될 테지만, 오늘 무언가를 열심히 해냈다면, 그 무언가는 미래의 오늘에 어떤 모습으로든 존재하고 있을 것입니다. 그러니, 당신의 오늘을 믿는 것부터 시작됩니다.

무리하지 않는 선에서 나만의 속도로

"하고 싶은 것들을 하면서 살아가자!"

저는 주변 사람들뿐만 아니라 이제껏 펴낸 책과 강연에서 늘 이렇게 말하곤 했지만, 사실 저 역시 무엇을 하고 싶어 하는지, 어떤 일을 좋아하는지조차 모른 채 가만히 주저앉아 고민만 하던 때가 있었습니다.

고등학생 때는 노래방을 너무나 좋아해서 노

래만 부르다 진학할 수 있는 대학교가 없어 성적에 맞춰 집 옆에 있는 대학교에 진학했고, 마찬가지로 대학교에서도 다른 사람들이 모두 취업을 준비하니, 저 역시 취업을 준비해야 하는구나 싶어서 스펙을 쌓곤 했습니다. 그때 당시 저를 지배하고 있던 생각은 '열심히 사는 삶이 바르게 사는 삶이고, 잘 사는 것의 증거'였습니다. 지방대 출신에 취업 준비 역시 다른 사람보다 뒤처졌다고 생각했기 때문에, 시간을 쪼개고 쪼개서 무언가를 해내야만 했고, 무언가를 계속해서 준비해야 한다는 강박관념에 사로잡혀 있었지요.

그래서 누구보다 지독하게 열심히 살았습니다. 잠을 줄여가면서 여러 가지 대외활동을 하고 토익을 공부하고, 학점을 챙기고, 공모전 역시 꾸준히 준비했습니다. 당시 밥 먹을 시간도 없어 도시락을 싸서 다니곤 했었는데, 버스를 타고 지하철을 타며 이동하는 짧은 시간에 도시락을 먹은 적도 많았고, 어떤 날엔 너무 피곤해서 이동하는 내내 자느라 정신이 없어 먹지 못한 도시락이 집에 오면 시큼한 냄새를 풍겼던 적도 많았지요. 부족한 게 너무 많은 사람이니 하루를 늘 완벽하게 보내야만 한다는 강박감에 계속해서 움직였고, 언제나 치열했고, 지독했고, 퍽퍽한 나날의 연속이었습니다.

하지만 결국 그런 대학 생활을 하다 보니 제겐 그 어떠한 것도 남아있지 않았습니다. 목적만을 위해 달려가다 보니 주변 사람을 잃었고, 건강하던 몸도 어느 순간 나빠져 있었습니다. 그렇게 내가 사라져버린 순간, 아무것도 남지 않은 건 당연한 일이었습니다. 쉽게 흔들렸고, 흔들릴 때마다 무너지는 걸 반복했습니다. 돌이켜보면 모든 것들이 보여주기 위한 삶이었습니다. 내 토익점수는 이만큼이고, 학교도 성실히 다니고 있고, 교수님 말씀도 잘 듣고, 공부도 열심히 했고, 다양한 활동을 할 만큼 인간관계도 돈독하고, 관심 있는 분야에서 입상을 할 정도로 재능이 있다는 걸 보여주고 싶었던 것이죠.

누군가 말했습니다. 남들 다 하는 고생이니 조금만 더 고생해서 더 나은 삶을 살라고. 이것이 청춘이고 이것이 열정이고 이것이 젊음이라고. 그때는 더 나은 삶을 생각하는 것만이 힘든 순간을 버틸 수 있는 유일한 힘이었습니다.

그렇게 치열하게 살다 보니, 남자 동기들은 어느덧 하나둘 군대로 떠나갔습니다. 저 역시 군 생활을 장교로 하기 위해 ROTC에 지원했고, 다행히도 턱걸이 성적으로 겨우겨우 입단할 수 있었습니다.

마지막 추가합격으로 가장 늦은 단번을 받은 저는, 동기들에게 '문을 닫고 들어온 애'쯤으로 인식되었지요. 그렇게 사관후보생이라는 이름으로 장교가 되기 위해 군사학을 배우고 훈련을 받게 되었습니다. 특히 체력 측정 시간이 정말 힘들었는데, 그중에서도 오래달리기가 가장 고역이었습니다.

숨이 턱까지 차오르다 못해 피 맛이 나도록 뛰어도 체력등급은 좀처럼 오르질 않았습니다. 어쩌면 당연한 결과였습니다. 당시 내 체력이 어느 정도인지 알지 못했고, 어떤 페이스로 달려야 내가 가장 잘 달릴 수 있는지도 몰랐으니까요. 그래서 옆에서 동기들이 뛰는 페이스에 맞춰 뛰기도 했고, 시작 소리와 함께 가장 빠른 속도로 달려 나가 '애한테 만큼은 뒤처지면 안 돼'라는 생각으로 동기 한 명을 정해놓고 그 동기의 뒷모습이 보이면 앞질러 가고, 다시 속도가 느려져 동기의 뒷모습이 보이면 또 앞질러 가는 식으로 무작정 뛰곤 했습니다. 그렇게 몇 바퀴를 뛰고 나면, 다리가 풀려 도저히 발을 디딜 수 없거나 숨이 차서 머리가 어지러워지곤 했습니다.

좋은 등급을 받기 위해 달리기 연습을 하던 중 한 가지 깨달은 사실이 있습니다. 다른 사람의 속도에 맞춰 뛰거나, 누군가에게 뒤처지면 안 되겠다는 생각으로 뛰었을 때는 아무것도 나아진 것이 없이 힘만 들었는데, 내 발걸음과 속도를 느끼며 숨이 어디서 차오르고, 숨을 어디서 고르는 게 좋은지 신중하게 생각하고 연습하니, 자연스럽게 실력이 늘고 등급도 올라가 있던 것입니다. 어느덧 고역이었던 오래달리기는 가장 자신 있는 종목이 되어 있었습니다.

결국 오래오래 달려서 완주할 수 있는 가장 좋은 방법은 무리하지 않는 선에서 나만의 속도로 달려 나가는 것임을 비로소 알게 되었습니다. 어쩌면 일도 삶도 마찬가지 아닐까요. 누군가에게 뒤처지기 싫어서 제 속도를 잃어버리고 다른 사람들에게 속도를 맞춰서 더 이상 뛸 힘이 없어지게 되는 것처럼, 결국 중요한 것은 느리더라도 어딘가로 향하고 있으니, 걱정하지 말고 나만의 속도를 찾으면 된다는 것입니다. 멈춰있지만 않으면 언젠가는 반드시 도착할 테니까요.

믿음이 가져다준 변화

5년 전, 군대에서 축구를 하다가 오른쪽 전방 십자인대와 연골이 파열되어 수술을 했던 적이 있습니다. 오른쪽 무릎을 수술 받아 오른쪽 전체 다리를 쓰지 못했고, 약 3개월간은 연골이 재생, 회복할 시간이었기에 무릎 연골에 충격을 주면 안 돼서 오른쪽 발을 땅에 딛지도 못할 정도로 힘들었습니다. 다리를 오랫동안 쓰지 못하니 다리를 완전히 펴는 것과 구부리는 데에 꽤 오랜 시간이 걸렸고, 또 운동을 못하는 시간이 지속되자 근육이 빠지고 줄

어들어 오른쪽 다리만 점점 얇아져 갔습니다. 그래서 모든 하루를 재활운동에 힘을 쏟았습니다.

그렇게 열심히 재활운동을 했더니, 어느덧 조금씩 다리도 굽혀지고 근력도 꽤 붙어가기 시작했습니다. 그런데 이상하게도 계속해서 절뚝이며 도무지 편하게 걸을 수는 없었습니다. 언제쯤 나아지는 건지, 낫기는 하는 건지 의구심이 들 무렵, 물리치료 선생님과 대화를 나누게 되었습니다.

"선생님, 저 아직도 절뚝거리는데 이거 영영 못 걷게 되는 건 아니겠죠?"

나의 의구심이 담긴 질문을 들은 선생님은 이상하다는 듯 되물으셨습니다.

"어? 지금 근력과 이 정도 각도로 다리가 구부러지면 절뚝이지 않고 똑바로 걸으실 수 있으실 텐데, 어디 불편하세요?"

"아니…… 불편한 건 아니고……."

"상현 씨, 그게 상현 씨 스스로 다리를 못 믿어서 그런 거예요. 오른쪽 다리를 몇 개월간 제대로 안 쓰다 보니, 오른쪽 다리를 믿지 못하고 체중을 못 싣게 돼서 그런 것 같아요."

"그럼 체중을 다 싣고 걸어도 되는 거예요?"

"네, 그럼요! 걸으실 수 있어요, 분명."

선생님의 확고한 답변을 들은 저는 그제야 제 오른쪽 다리를 믿고 체중을 실었고, 이내 얼마 지나지 않아 이전과 다름없이 정상적으로 걸을 수 있게 되었습니다.

살아가다 보면 때때로 세상에서 내가 가장 슬픈 것 같고, 세상 모든 슬픔과 우울이 나에게만 찾아오는 것 같고, 심지어 다른 사람의 슬픔과 우울, 아픔까지도 내가 끌어 모으고 있다는 생각이 들 때가 있습니다. 하지만 그렇게 생각할수록 좋지 않았던 상황은 결국 더 안 좋은 쪽으로 추락하곤 했습니다. 즉, 우리의 믿음은 생각보다 효과가 좋아서 부정적인 생각은 언제나 부정적인 일을 불러오기 마련입니다.

우리가 생각하는 것들이 곧 우리가 행동하는 것들이 되고, 생각과 행동이 합쳐져 우리가 처한 상황을 만들어냅니다. 내가 겪고 있는 이 상황은 내 믿음이 만들어낸 결과인 셈입니다. 결국 우리가 할 수 있는 건 긍정적인 생각을 하는 것이지요. 물론 긍정적인 생각을 한다고 해서 언제나 긍정적인 일

만 생기는 것은 아니겠지만, 그래도 긍정을 습관화
하는 것이야 말로 부정적인 일이 생겼을 때 우리를
그곳에서 좀 더 빠르게 빠져나갈 수 있는 힘을 만들
어 줄 것임은 분명하니까요.

저는 매일 아침 독서를 하고, 명상을 하고, 운
동을 한 뒤 출근을 합니다. 또 출근길엔 오디오북을
듣거나 음악을 들으며 기분 좋은 하루를 시작하려
합니다. 하루하루 이것들을 다 한다고 생각해 보면
꽤나 귀찮은 일일 수도 있지만, 긍정의 주파수에 나
를 맞추는 일을 게을리하지 않으려고 노력합니다.
결국 지금 하는 좋은 생각, 좋은 루틴이 언젠가 찾
아올 불행 앞에서도 이겨낼 힘을 만들어 주리라 믿
기 때문입니다. 장담하건대, 좋은 생각에 주파수를
맞추면 반드시 좋은 일이 찾아올 것입니다.

믿기지 않는다면, 딱 일주일만이라도 좋으니

의식적으로 노력해보세요. 세상이 이렇게 아름다

웠나 싶을 정도로 감탄할 일투성이라는 걸 곧 깨닫

게 될 테니까요.

균형을 맞추는 일

다리를 다친 이후 꾸준한 재활을 통해 어느 정도 무리 없이 걸을 수 있을 정도가 되자, 퇴원을 할 수 있었습니다. "한 번 다치면 재활은 평생 해야 된다"는 의사 선생님의 당부에 퇴원 후에도 재활과 운동을 꾸준히 하기 위해 가까운 헬스장을 찾았고, 오른쪽 무릎 근육부터 강화하는 연습을 하기 시작했습니다. 하지만 짧아진 근육은 유연성이 없었고, 아팠던 경험이 있기 때문인지 본능적으로 힘을 쓰지 않으려는 듯, 마음처럼 움직여주지 않았습니다.

운동을 할 때마다 들고 있던 바벨이나 덤벨이 자꾸만 왼쪽으로 기울었고, 두 다리에 동일한 힘을 주는 운동이 끝나고 나면 왼쪽 다리만 힘이 들고 무리가 가는 것을 느끼기도 했습니다. 트레이너 선생님은 "균형이 맞지 않아서"라고 말한 뒤, 오른쪽 다리의 근육을 강화하면서 몸 전체의 균형을 맞추는 운동을 꾸준히 하는 게 좋겠다고 이야기해주었습니다. 그리고 다쳤던 경험이 있는 모든 사람들이 자세나 환경의 영향으로 몸의 균형이 맞지 않기 때문에 꾸준한 운동을 통해서 몸의 밸런스를 맞춰줘야 한다는 말을 덧붙였습니다. 그 이야기를 듣고는 문득 '편향'에 대해 생각했습니다.

사람은 누구나 '편향'된 생각을 갖고 살아갑니다. 편향 중 우리가 가장 흔하게 빠지게 되는 건 '확증 편향'일 것입니다. 확증 편향은 자신이 보고 싶은 것, 듣고 싶은 것만 수용하고 선택적으로 정보를 받아들여 자신의 생각이 틀리지 않았다고 믿는 것입니다. 즉, 자신이 편한 대로 생각하고 해석하며 자신이 맞다고 생각하는 정보만 수용하는 것을 말합니다.

우리는 편향에 익숙해져 있습니다. 그래서 내가 생각했던 것들 위주로 정보를 습득하고, 말을 내뱉고, 행동을 하고, 그 모든 것들이 익숙해진 채로 살아가곤 합니다. 마치 오른쪽 다리가 자신은 무릎을 다쳐 힘을 못 쓰니 왼쪽 다리에 더욱 힘을 주라고 했던 것처럼요. 그렇게 계속해서 왼쪽 다리만 쓰게 된다면 어떻게 될까요. 물론 처음엔 괜찮겠지만, 계속해서 반복적으로 왼쪽 다리만 쓰게 되면, 몸의 균형이 점점 왼쪽으로 초점이 맞춰지게 되면서 골반이 왼쪽으로 틀어지고, 허리 근육도 조금씩 왼쪽으로 맞춰지고, 상체 근육도 왼쪽을 더욱 쓰게 될 겁니다. 시작은 왼쪽 다리에만 힘을 줬던 것뿐인데, 어느덧 몸 전체가 틀어지면서 전반적인 균형이 왼쪽으로 맞춰지게 되는 것이지요. 몸 전체가 틀어지면, 다리 한쪽이 틀어졌을 때보다 균형을 맞추는 일이 더욱 힘들어지는 건 당연한 일입니다.

그래서 우리는 언제나 균형을 맞추려고 노력해야 합니다. 그게 몸이 됐든 삶이 됐든 말이죠. 하지만 어떤 것이든 균형을 맞추는 일은 쉽지 않습니다. 우리가 익숙해 있던 편향이라는 녀석이 자꾸만 말을 걸어올 테니까요. 우리는 편하고 익숙한 것들을 선택하게끔 설계되어 있습니다. 조금 덜 책임지고 싶어 하고, 조금 덜 고통받고 싶어 하고, 조금 덜 저항하고 싶어 합니다.

에리히 프롬이라는 철학자가 쓴 『자유로부터의 도피』라는 책이 있습니다. 자유로부터 도피한다는 말 자체가 모순적으로 들릴 수도 있겠지만, 14~16세기 유럽에서는 '자유'를 얻기 위해 많은 사람들이 희생을 감수해야만 했습니다. 그렇게 참으로 오랜 기간 동안 수많은 사람들이 어렵게 얻어낸 자유이건만, 오히려 많은 사람들이 자유를 얻어내고 힘들어 할 수밖에 없었습니다. 바로 자유엔 '책임'이 따랐기 때문입니다. 그래서 누군가가 자유에 대한 책임을 덜어주길 바라며, 오히려 어렵게 얻어낸 자유에서 도피를 하게 되어 파시즘, 나치즘에 물들어 갔습니다.

우리는 잘 알고 있습니다. 좋은 모습, 좋은 결과를 내기 위해선 그만큼의 노력이 수반된다는 사실을. 그래서 두려워하는 것일지도 모릅니다. 내가 노력한 만큼 결과가 나오지 않을 수도 있다는 사실 때문에. 그렇게 점점 자신이 하지 못하는 이유를 만들어내고, 책임을 덜어내고, 고통을 받지 않고, 저항을 피해가게 될 테지요. 삶의 균형이라 불리는 것들은 이미 무너진 지 오래됐을지 언정, 현재 나의 상태가 익숙하고 편하니 크게 문제될 건 없다고 믿게 될 것입니다. 하지만 나와 똑같이 시작했던 사람이 잘되는 모습을 보고, 또 어쩌다 마주한 나의 현실을 바라보고는 크게 실망하고 좌절하고 무기력해지고 맙니다. 결국 책임과 고통, 저항을 회피했던 것의 주체는 언제나 나였을 텐데, 도리어 그 모습을 싫어하게 되는 모순이 생겨납니다.

이처럼 균형을 맞추는 일은 힘들고 어려울 수밖에 없습니다. 조금씩 더 많은 무게를 들고, 매 순간 자세는 흐트러짐이 없는지 확인하고, 호흡은 잘 유지되는지 체크하고, 몸에 힘이 더 들어가는 곳은 없는지 확인하고……. 이 모든 것들을 매일 같이 반복해야 되기 때문입니다. 또한 아무리 애쓰고 노력한다고 해서 당장 무언가 더 나아지는 것도 없습니다. 그저 계속해서 균형을 맞추고, 그 상태를 유지하는 것뿐.

힘든 순간들을 꾸역꾸역 참아내서 얻어지는 게 균형을 맞추는 것과 유지하는 일이라는 사실이 어쩌면 실망스러울 수도 있겠지만, 균형을 맞춰가고 상태를 꾸준히 유지할 수 있는 사람은 책의 첫부분에서 이야기했던 '삶의 중심'을 잡아갈 수 있습니다.

삶의 중심을 잡아가기 위해 노력하면 순간은 힘들고 유지하는 것뿐이라고 느끼지만, 이내 처음

보다 몇 걸음 앞서 걸어온 나의 모습을 발견할 수 있습니다. 삶의 기본값을 편안함과 익숙함이 아닌, 고통과 저항 그리고 책임으로 잡아두었으니까요. 내가 무언가 해내고 싶고, 하고 있는 중이라면, 분명 고통스러운 순간도 있을 것이고, 내가 가는 길을 막아서고 방해하는 존재도 나타날 것입니다. 그 존재는 사람이 될 수도 있고, 상황이 될 수도 있고, 어쩌면 나 자신이 될 수도 있습니다.

불안, 시기, 질투, 고통, 두려움, 힘듦, 고난 등 나를 방해하는 요소는 다양한 모습으로 찾아올 것입니다. 다만, 방해 요소들이 존재한다는 것을 인지하고, 방해를 받을수록 내가 균형을 찾으려 한다는 사실을 깨달았으면 좋겠습니다. 그 모든 것들과 맞닥뜨렸을 때 '내가 올바른 길로 걸어가고 있구나' 혹은 '내 삶이 균형을 찾아가고 있구나'라고 생각해

보는 건 어떨까요.

  저는 '효율'이라는 단어를 참 좋아합니다. 평소 인풋 대비 아웃풋이 효과적으로 나와야 한다고 생각하는 편인데, '삶의 균형을 찾는 일'과 '고통과 저항을 받아들이는 일' 앞에서는 효율이라는 단어를 생각하지 않습니다.

  인풋과 아웃풋을 따져볼 수도 없을 뿐더러, 단기간에 얻을 수 있는 것이 아니기 때문이죠. 몸의 균형과 삶의 균형을 맞추는 일은 오래도록, 평생을 꾸준히 노력해야 하는 일이니까요. 제가 매일 운동을 하는 것 역시 마찬가지입니다. 노력하지 않는 순간 언제든 다쳤던 오른쪽 무릎이 균형을 깨뜨리려고 할 것임을 잘 알고 있기 때문에, 그래서 매일 힘들고 고통스럽더라도 계속해서 운동을 지속하려고 합니다. 지금 고통스럽지 않다면, 이 고통을 회피한다면, 나중에 더 큰 값을 치르게 될 테니까요.

균형을 맞추는 것과 지금 당장의 편안함을 느끼는 것은 양극단에 위치해 있습니다. 무엇을 선택하든 나의 몫이겠지만, 미래의 후회까지도 나의 몫임을 염두에 두었으면 좋겠습니다.

불안하지만, 불안하지 않습니다

　오랜만에 만난 친구와 대화를 나누던 중 최근 온라인 커뮤니티에서 화제가 되고 있다는 '인간이 느끼는 쾌락의 수치'에 관한 이야기를 들었습니다. 연구 결과도 아니었고, 누가 만들었는지 정확한 출처도 알 수 없는 수치였지만, 꽤 설득력 있고 흥미진진했습니다. 인간의 다양한 행동과 감정에 따른 쾌락을 비교한 것인데, 적당한 취기, 첫 키스와 같은 쾌락 수치가 1이라면, 당 섭취는 3, 컴퓨터 게임은 5, 극심한 갈증 후 수분 섭취나 운동 후 먹는 맛있는 식사는 10으로 표기되어 있었습니다. 이밖에도 감동을 받았을 때, 합격했을 때는 20, 공포감이나 섹스의 경우에는 55였고, 가장 높은 수치는 도박과 마약으로 150이었습니다.

생각보다 흥미로웠던 것은 '자신의 결과에 의한 뿌듯함'과 '믿음에 대한 결실' 부분에 대한 쾌락 수치가 30으로 상당히 높았고, '위대한 발견이나 일에서의 성취감'은 그보다 1.5배나 높은 수치였다는 점이었습니다. 더 놀라웠던 것은 도박과 마약의 쾌락 수치가 150으로 가장 높다는 것이었는데, 제가 여기서 주목한 부분은 우리가 흔히 알고 있는 '마약'과 '뿌듯함/성취감'의 차이였습니다. 성취감과 뿌듯함으로 얻게 되는 쾌락 수치보다 마약을 했을 때 오는 쾌락 수치가 훨씬 더 높은 것을 보며, 축구 선수 손흥민의 『축구를 하며 생각한 것들』에 나오는 한 문장이 떠올랐습니다.

제 인생에서 공짜로 얻은 건 하나도 없었어요. 드리블, 슈팅, 컨디션 유지, 부상 방지 등은 전부 죽어라 노력해서 얻은 결과물이라고 믿어요. 어제 값을 치른 대가를 오늘 받고, 내일 받을 대가를 위해서 오늘 먼저 값을 치릅니다. 후불은 없죠.

후불은 없다는 말이 정말 와 닿았습니다. 결국 저는 인생을 살면서 우리가 설정해야 할 기본값은 '고통'이라고 생각합니다. 고통은 삶의 기본값이고, 그 값이 커지면 커질수록 우리는 더 나은 방향으로 가고 있는 중이거나, 고통 뒤 찾아오는 것은 내가 기대했던 것보다 그 이상의 놀라운 모습일 것이기 때문이죠.

"No pain, no gain!" 고통 없인 얻는 것도 없다는 유명한 명언입니다. 우리는 어렸을 적 전래동화부터 TV 프로그램 등을 통해 '고통'이 주는 힘에 대해 잘 알고 있습니다. 무언가를 얻고 싶다면 그에 따른 책임이나 고통을 견뎌야 한다는 것, 쉽게 얻어지는 건 아무것도 없다는 것.

그런 의미에서 노력은 성취의 바탕이 됩니다. 즉, 노력은 고통의 한 종류로서 그 고통을 견디고 견뎌야 45만큼의 쾌락을 느낄 수가 있는 것입니다. 하지만 마약은 다릅니다. 마약은 후불입니다. 마약을 한 이들의 말을 빌리자면, 마약은 몸에 들어가자마자 즉각적으로 반응하여 행복해지고, 현실을 다른 세상으로 바꿔놓는다고 합니다. 그렇게 행복이 끝나면 중독, 범죄, 우울증, 무기력증, 환각, 환청, 후회 등 또 다른 고통에 대한 값을 받아가는 것이지요.

　　그렇다면 술은 어떨까요. 저 역시도 술을 굉장히 좋아하는 사람으로서 맛있는 걸 먹거나, 친한 사람들을 마주할 때, 오랜만에 보는 친구를 만날 때면 술을 마시곤 합니다. 술은 사람을 기분 좋게 만들어주기도 하지만, 그 덕분에 강한 중독성을 갖고 있습니다. 또한 술을 마시는 데 필요한 노력은 하나도 들어가지 않으니, 그저 따르고 마시면 손쉽게 기분 좋은 감정을 느낄 수 있습니다.

　　술은 우리 뇌의 신피질을 마비 및 둔화시킨다고 합니다. 신피질은 우리 뇌에서 계산하거나 판단하고 이성적인 사고를 가능하게 만드는 역할을 하는데, 술이 들어감으로써 계산과 판단, 이성적 사고를 둔화시켜 술로 인해 우리가 가지고 있던 불안함이나 걱정을 진정하게끔 만드는 효과를 불러일으키는 것입니다. 즉, 순간적으로 마비된 신피질 덕분에 술을 마시면 상대적으로 걱정과 불안한 감정을 덜어낼 수 있어 지금 이 상태가 행복하다고 느끼게 되는 것입니다. 간혹 술만 마시면 평소에는 하지 못할 말과 행동을 자연스럽게 하는 사람이 있는데, 이와 같은 경우입니다.

그래서 많은 사람들이 아무런 저항값(고통)은 없고, 행복만 존재하는 술을 마시는 건지도 모르겠습니다. 하지만 모든 행복엔 고통이 깔려있다고 이야기했던 것처럼, 술을 마시고 난 뒤 우리는 행복을 받고 고통을 후불로 결제해야만 합니다.

우리 몸에서 술이 분해하는 동안 '우울함을 느끼게 만드는 물질'이 분비되기 때문입니다. 술이 깨는 동시에 어제보다 더 큰 우울함을 느끼게 되고, 그러면 다시금 술이 들어갔을 때의 감정을 느끼기 위해, 불안함을 잊기 위해, 외로움을 잊기 위해, 고통을 잊기 위해 우리는 또 술을 찾고 맙니다. 그렇게 해야 할 일, 마땅히 받아야 할 고통을 회피하게 되고, 우리가 그리고 원하고 바라던 모습과는 점점 멀어지게 될 수밖에 없습니다. 견뎌야 했던 고통이 결국 다른 모습의 고통으로 찾아오는 것이지요. 제때 치르지 못한 고통이라는 값에 이자가 붙어 고스란히 돌아오는 셈입니다.

인간이 인간일 수 있는 이유는 '미래를 생각하고 상상하기 때문'입니다. 그렇기 때문에 미래를 대비할 수 있고, 미래에 대해 불안해 할 수 있는 것입니다. 진정한 행복은 고통을 수반합니다. 고통이 기저에 깔려있고, 그 위에 느낄 수 있는 행복이라는 감정이 존재하는 것이지요. 고통과 행복을 별개로 놓고 보는 순간, 인생을 불행하다고 느끼게 되거나 다른 사람들은 모두 행복한데 나만 힘들다는 감정을 느끼고 맙니다. 하지만 나만 힘들고 외롭고 고통스러운 게 아니라, 어차피 삶은 힘들고 외롭고 고통스럽습니다. 아기가 걷기 위해선 평균적으로 2,000번을 넘어져야 된다고 합니다. 2,000번의 힘들고 긴 순간을 반복해야, 비로소 원하는 걸 얻을 수 있는 셈이지요.

저는 예기치 않은 불안과 고통이 찾아오면 이런 생각을 하곤 합니다. '어, 왔구나! 반가워. 내가 또 한 번 성장할 기회를 주는구나.'

결국 불안과 고통이라는 건 누구나 당연히 느끼게 되는 감정입니다. 없애려 할수록 불안과 고통은 다른 형태로 나를 찾아와 자꾸만 말을 걸어올 테죠. 그러니까 불안하다고 불안해하지 말고, 고통스럽다고 고통을 피하지 않았으면 좋겠습니다. 원래 그런 것이니까요. 2,000번의 힘들고 긴 시도 끝에 한 걸음 내딛는 아기처럼, 수많은 불안과 고통도 결국엔 당신을 한 걸음 더 나아가게 할 테니까요.

지나고 나면 별것 아니니까

'왜 그런 말들을 했을까', '왜 그런 행동을 했을까' 하는 순간들이 있습니다. 울컥해서, 화가 나서, 짜증이 나서……. 여러 가지 이유로 우리는 충동적인 행동을 하고, 이내 후회를 반복합니다. 왜 이런 현상들이 발생하는 걸까요. 바로 우리 인간이라는 존재는 '감정'에 철저하게 지배되어 있기 때문입니다.

우리가 보내온 하루를 떠올려 볼까요? 기분이 좋지 않을 땐, 몸에 힘이 빠지기도 하고 사소한 것에 예민해지기도 합니다. 반대로 기분이 좋은 날엔 평소라면 신경이 쓰일 이야기를 듣더라도 크게 마음이 상하지도 않습니다. 또 우리는 날씨에도 많은 영향을 받습니다. 비가 올 땐 축 처지기도 하고, 날이 좋으면 괜히 기분이 좋아지는 것처럼 말이죠.

그래서 감정은 불완전합니다. 사소한 변화에도 휩쓸리고 망가지기 쉽습니다. 우리가 흔히 후회하는 모든 일들은 감정에서 비롯된다고 해도 과언이 아닐 겁니다. 이런 감정을 다스리려면 감정에서 한 걸음 물러서서 생각하고 행동하는 습관을 갖는 게 중요합니다. 이를 위해 저는 '일일이 반응하지 않는' 연습을 하고 있습니다. 우리는 어떠한 상황을 맞이할 때 감정적으로 변하기 마련입니다. 하지만 감정에 반응하는 것이 아닌, 상황을 내 손에 넣고 '관망' 할 수 있는 능력을 키워야 합니다. 쉽게 말해 곧장 반응하지 않고 한 번 더 생각해보는 시간이 필요합니다.

'반응'이 아닌 '생각', 그것을 우리는 '이성'이라고 부릅니다. 이를 잘 보여주는 유명한 말이 있습니다. "저녁에 의자를 사지 마라, 어느 것이든 편하게 느껴질 것이다. 배고플 때 장보지 마라, 무엇이든 맛있게 느껴질 것이다. 힘들 때 아무나 만나지 마라, 누구에게든 기대고 싶을 것이다."

많은 사람들이 공감할 것입니다. 그렇기에 감정을 생각하고 관찰하려는 노력이 수반된다면 즉흥적이고 위험한 감정적 선택을 어느 정도 막을 수 있습니다. 감정이라는 것은 본질을 파악하는 순간 힘을 잃기 마련입니다.

비슷한 이야기로 '걱정'을 대하는 태도 역시 마찬가지입니다. 걱정이 생겼을 때 이를 해결할 수 있는 가장 쉬운 방법은 걱정을 하지 않는 것입니다. 무슨 말인가 싶겠지만, 걱정을 객관화시킨다고 생각하면 이해하기 편할 것입니다. 불교에서는 괴로움이 찾아왔을 때 괴로움을 앞에 두고서 회피하거나 계속해서 괴로워하는 것이 아니라, 나를 찾아온 괴로움 자체를 내 입장이 아닌 제3자의 입장에서 바라보는 수행 방법이 있습니다.

제3자의 입장에서 보면 괴로움과 나 사이에 일정한 거리가 생기면서 괴로움 자체를 '감정'이 아닌, 하나의 '물건'처럼 바라볼 수 있게 됩니다. 결국 해결해야 할 하나의 대상으로 바라볼 수 있게 되거나, 찾아온 괴로움을 어떻게 다룰지 파악해 보는 시간을 갖는 여유가 생기게 되는 것입니다.

지금 처한 상황에서 어떠한 것에도 영향을 받지 않고 판단하며, 자신이 어떠한 선택을 내려야 할지 고민하고 제대로 결정할 수 있게 되는 것입니다. 자신에게 처한 일을 계속해서 피하려고 하거나 고통받으면 괴로운 상황은 결코 끝나지 않을 테니까요.

대부분의 걱정이 처음에는 아무것도 아닌 상태로 시작됩니다. 신경 쓰지 않아도 그만인 조그마한 걱정이 신경을 쓸수록 점점 더 불어나 커지고 깊이 빠져 헤어 나올 수 없게 되는 것이지요. 아무리 조그마한 걱정도 그 속으로 점점 더 들어가게 되면, 헤어 나올 수 없을 만큼 커 보이기 마련입니다. 높은 장벽을 마주한 것 같을 뿐더러, 해결할 수 없을 거라는 절망과 빠져나오기 힘들 것이라는 불안감에 좌절하게 되는 것입니다. 아무것도 아닌 조그마했던 걱정에 파묻혀 걷잡을 수 없이 걱정이 커져버리고 마는 것이지요.

　그렇다면 반대로 점점 더 깊이 들어갈 것이 아니라, 점점 더 멀어져 보는 건 어떨까요. 걱정을 아무렇지 않게 생각해보는 것입니다. 자기가 마치 걱정의 주체가 아닌, 다른 사람이 된 것처럼 걱정을 대해보는 것입니다. 걱정 안에 들어가 걱정을 대한다면, 누구도 빠져나올 수 없습니다. 하지만 걱정에서 벗어나 제3자의 입장에서 걱정을 바라보는 순간, 아무것도 아닌 걱정이 우릴 괴롭히고 있었다는 걸 금세 깨닫게 될 것입니다. 결국 많은 일들이 지나고 보면 별것 아니었다고 훌훌 털어버릴 수 있었던 것처럼 말이죠.

누구에게나 행운은 찾아올 테니

제게 있어 인생을 살아가는 가장 큰 의미이자, 인생의 궁극적인 목표는 행복입니다. 행복에 대해 거창하게 말한 것 같지만, 사실 행복은 나의 사소한 일상에서도 충분히 느낄 수 있습니다. 행복이야말로 그 어떤 것보다 주관적으로 느끼고 판단할 수 있는 감정입니다. 다른 누군가에게는 별 볼 일 없는 것일지라도 내겐 행복이 될 수 있고, 반대로 내게는 의미 없는 것이 누군가에게는 행복이 될 수 있는 것처럼 말이지요.

하지만 '행운'은 그렇지 않습니다. 내가 스스로 통제할 수 있는 범위 바깥에 존재하기 때문입니다. 우리가 행운이라고 부르는 것은 내 주변에 있는 사람들을 포함해 이 세상 모든 사람들과 얽힌 상태로 작용합니다. 살아가며 행운을 만나게 되는 일들은 얼마나 될까요.

그런 의미에서 우리가 흔히 말하는 '성공'에 대해 짐작해보건대, 저는 성공을 이루는 요소 중에서 운이 차지하는 비율이 99%라고 생각합니다. 물론 개인의 노력이 없다면 아무리 운이 작용하더라도 성공은 멀어질 것입니다. 누군가는 제 이야기를 듣고 비약이 심하다고 말할 수 있겠지만, 생각해보면 우리가 하는 모든 일들은 운에 달려 있습니다.

아무리 열심히 노력하고 준비한 시험일지라도

그날의 운에 따라 시험을 망치거나 못 보게 될 수도 있고, 유독 감이 좋았던 탓에 준비했던 것보다 훨씬 더 잘 보게 될 수도 있습니다. 물론 여기서도 노력이 바탕이 되어야겠지만, 결국 모든 일은 운, 즉 타이밍이 잘 맞아떨어졌을 때 좋은 결과를 얻을 수 있는 것입니다.

실제로 이탈리아에 있는 한 대학교의 연구진은 물리학과 경제학을 활용하여 운과 개인의 능력이 성공에 얼마나 영향을 미치는지에 대한 연구를 진행했습니다. 가상의 세계를 만들고, 1,000명의 사람들이 가상세계에 존재한다고 가정한 뒤, 1,000명의 사람들에게 저마다 다른 능력과 재산, 행운과 불운을 부여했습니다. 결과는 뜻밖이었습니다. 가장 성공한 사람은 능력이 평균적일지라도 행운이 따라주는 사람이었습니다. 결국 능력이 성공을 뒷받침할 것이라는 우리의 생각과는 조금 다른 결과였습니다. 결국 이 연구를 통해 최고의 능력이 있어도 운이 나쁜 사람과 어느 정도의 능력과 운이 좋은 사람 중 후자의 사람이 더욱 성공에 가까워질 수 있다는 것을 과학적으로 입증한 셈입니다.

그렇다면 이 행운이라는 녀석을 어떻게 내 편으로 만들 수 있을까요? 행운을 내 편으로 만들기 위한 정확한 방법이나 지침 같은 건 없겠지만, 이제껏 제가 경험해본 바와 행운이 따른다는 사람들의 경험을 토대로 살펴보면, 큰 범위에서 '타인에 대한 축복과 배려' 그리고 '마음가짐'이라는 두 가지 방법을 찾을 수 있었습니다. 결국 행운이라는 것은 내가 통제할 수 없는 범위에 존재하지만, 어제의 나를 통해 일정량의 행운을 만드는 것이 가능하다는 것을 알 수 있습니다.

타인에 대한 축복과 배려

당신은 어떤 다짐과 마음가짐으로 하루를 시작하고 있나요? 저는 매일 아침, 모두의 행복을 빌며 하루를 시작합니다. 또 명상이 끝나면 그날그날 생각나는 2~3명의 사람들을 떠올리며, 그들이 '적어도 오늘 하루만큼은 세상에서 제일 행복했으면 좋겠다'라는 바람과 함께 '오늘은 직장에서 일이 잘 풀려 웃음 짓는 하루가 되었으면 좋다', '인간관계로 지쳐있었을 텐데, 사람에게 상처받지 않고 감동받는 일이 꼭 생겼으면 좋겠다'와 같이 그 사람의 오늘 하루가 어떤 식으로 행복했으면 좋겠는지에 대해 구체적으로 떠올리며, 그들의 하루에 축복과 행복을 빌어주고 있습니다.

별것 아닐지 모르는 이 행동은 제게 큰 평온함과 행운을 불러오고 있습니다. 어쩌면 이기심과 혐

오로 점철되어지고 있는 이 세상에서, 적어도 타인의 행복을 간절히 바라고 위하는 행동이 마음 속 여유를 만들어주고, 타인에게 좋은 영향을 미치려는 마음이 행동에도 나타나게 되어 자연스럽게 나에게 얽힌 행운의 끈들을 좋은 방향으로 풀어주기 때문입니다.

하루의 시작을 개운하고 따뜻한 마음가짐으로 시작한다는 것이 얼마큼 큰 기쁨을 가져다주는지, 당신 역시 알게 되었으면 좋겠습니다. 저를 예로 들어보자면, 타인의 행복을 바라며 많은 변화들이 있었습니다. '그 누구보다 행복하자'는 마음가짐으로 살아갈 때엔, 세상의 모든 것들이 경쟁으로 비춰졌고, 또 '오롯이 나를 위해 행복할 것'이라는 마음가짐으로 살아갈 때엔, 나의 행복에만 집중해 타인에게 그리 큰 관심을 두지 않았습니다.

하지만 나의 노력만으로는 닿지 못하는 범위들이 있다는 사실을 깨닫고, '나만 생각해서는 안 되겠다'라는 걸 느꼈습니다. 이후 저는 '그 누구보다 행복하자'라는 생각을 할 때보다 남들과의 비교를 줄이게 됐고, '오롯이 나를 위해 행복할 것'이라는 생각을 할 때보다 훨씬 더 풍요로운 삶을 살아가고 있습니다. 물질적인 것뿐만 아니라, 정신적으로도 풍요로워지면서 삶의 만족도가 크게 올라갔습니다.

불교 경전 중에 '呪咀諸毒藥 還着於本人(주저제독약 환착어본인)'이라는 말이 있습니다. 그 말인즉슨, 누군가 독약으로 해를 가할지라도 그 해는 해를 가하려는 자신에게 돌아온다는 뜻입니다. 덧붙여 부처는 누군가에게 욕과 비난을 들었을 때 이렇게 말씀하셨습니다. "타인을 비난하는 것은, 결국 흙 한 줌을 불어오는 바람에 뿌리는 것과 같다. 뿌려진 흙은 결국 흩뿌린 자신의 얼굴에 날아올 것이고, 그 흙은 전부 본인이 쓰게 될 것이다."

그런 의미에서 축복과 행복을 빌어주는 것 역시 이와 같은 맥락입니다. 축복과 행복의 대상은 타인이었지만, 바람 앞에 흩뿌려진 흙처럼 결국 축복과 행복 역시 나에게로 돌아와 행운으로 작용하게 될 것이기 때문입니다.

마음가짐

저는 어렸을 적 보도블록을 같은 모양대로 밟으면 그날 하루의 운이 좋을 거라고 생각했던 적이 있습니다. 같은 모양대로 몇 번을 밟았을 때는 하루 종일 그렇게 기분이 좋을 수가 없었지요. 규칙도 심판도 선수도 없는 저만이 출전하는 '오늘의 운 경연

대회'였던 셈입니다. 저는 언제나 럭키 가이였고, 언제나 그날의 운은 '좋다'라는 결과밖에 나올 수 없었습니다. 같은 모양대로 밟지 않았을 때는 "이건 무효야. 다시!"를 외치면 그만이었으니까요.

"이건 무효야. 다시!"라고 외치지 않고 단 한 번의 시도로 같은 모양의 보도블록을 밟게 된 날은 정말 운이 좋았습니다. 기분 좋은 상태로 모든 일에 임해서 그랬던 것일까요. 그런 날이면 피카츄 모양의 돈가스도 더욱 맛있었던 기억이 납니다.

어린 시절의 기억을 떠올리니, 엄마와 함께 키우던 '행운목'이 떠오릅니다. 지금도 집에 가면 행운목이라는 식물이 집 한곳에 자리 잡은 채 무럭무럭 자라나고 있습니다. 엄마는 행운목을 키우시는 데 지극정성이셨는데, 이유는 하나였습니다. 행운목에서 꽃을 피우기 위해서였지요. 행운목은 7년에 한 번, 불규칙적이게 꽃이 핀다고 합니다. 언제 필지도 어떻게 피울지도 알 수 없습니다. 정성스레 행운목을 키우던 어느 날, 집에서 기르고 있던 행운목에서 싹이 텄고, 이내 엄마가 그토록 바라던 꽃이 피어났습니다. 그리고 우연인지, 진짜 행운목의 행운인지는 모르겠지만, 그쯤 집 안에서는 모두가 기뻐할 만한 큰 행운이 찾아오기도 했습니다.

이제 저는 머리도 몸도 커지면서 더 이상 같은 모양대로 보도블록을 밟는 행동은 하지 않게 되었습니다. 보도블록 모양에 신경 쓸 겨를이 없었고, 이미 많은 사람들이 내 인생 안에 헤집고 들어와 그날의 내 기분을 망치기도, 좋게 만들기도 했으니까요.

엄마 역시 여전히 행운목을 지극정성으로 키우시긴 하지만, 단순히 행운목으로 인해 행운이 찾아왔다고 생각하지는 않으셨습니다. 정말로 행운목의 꽃이 행운을 가져다준 것이라고 생각했더라면, 여러 개의 행운목을 다시 분양받아 꽃을 피우기 위해 고군분투하셨겠지요. 엄마는 어떤 상황에서도 항상 우리 가족이 화목하고, 좋은 일만 가득했으면 좋겠다는 마음으로 살아간다고 하셨습니다.

항상 행운이 찾아올 것이라는 믿음. 내가 하는 일들이 결국 행운을 불러올 것이라는 마음가짐. 즉, 지금 닥쳐온 불행 역시도 행운으로 물들여 좋은 일이 다가올 것이라는 긍정적인 생각들이 우리 집에 행운을 가져다준 것 아닐까요.

한때 저는 어떠한 일을 생각하거나 행동하기

에 앞서 늘 돌이킬 수 없다는 것 때문에 많은 두려움을 느끼곤 했습니다. 그런 두려움이 현실이 되어 닥쳤을 때는 앞서 벌어지지 않은 일까지 지레짐작하며, 아무것도 하지 않은 채 무기력한 날을 보내곤 했습니다.

그런 날들의 연속이었습니다. 해 보지도 않고 판단하는 것. 작고 사소한 일들이 꼬였다고 해서 그 전체가 꼬여버릴 것 같다고 생각하며 겁을 먹는 것. 누군가 내 기분을 나쁘게 했다고 해서 나의 소중한 하루를 망쳤다고 생각하는 것. 하지만 사실은 절대로 그렇지 않다는 걸 이제는 알고 있습니다. '오늘은 아주 좋은 날이 될 거야', '행운이 곧 찾아올 거야'라는 믿음이 바탕이 되어, 보도블록을 같은 모양대로 밟은 일과 행운목에서 꽃이 피었던 일들이 겹쳐 행운을 불러온 것이라는 걸.

우리가 하는 모든 일들은 된다고 믿으면, 정말 그렇게 된다고 합니다. 잘되고 있다고, 옳은 길로 가고 있다고, 그럴 수 있다고, 다 잘될 것이라고 말이에요. 결국 그렇게 믿으면 그렇게 됩니다. 행운 역시도요.

Part ———— 2

불안하지 않다면
어떠한 고민도
없다는 거니까

찾아온 불행은
그대로 두고,
내가 할 일을 찾는다.
그럼 어떻게든 된다.

불행은
가끔 찾아오지만,

행복은 계속 찾아낼 수
있는 거니까.

당신은 누구와 함께인가요

우리는 살면서 얼마나 많은 사람들을 만나고 함께하게 될까요. 우리나라 사람을 기준으로, 우리가 평생 만나게 될 사람의 숫자는 약 17,500명이라고 합니다. 17,500명 안에는 내게 중요한 사람도 있을 수 있고, 미워하는 사람도 있을 수 있고, 그저 스쳐지나가는 사람도 있을 수 있겠지요. 우리는 거의 매일, 아니 평생을 '사람'을 만나고, 다투고, 이해하고, 가까워지고, 멀어지고, 떠나보내며 살아가고 있습니다. 그렇기에 내 인생을 온전히 나답게 사는 것은 좀처럼 쉽지 않은 일로 받아들여지기도 할 테지요.

실제로 돌아보면, 다른 사람의 관심이나 시선이 자신의 하루 컨디션, 아니 자신의 정체성에 이르기까지 지대한 영향을 미치는 걸 알 수 있습니다. 주변에 어떤 사람이 있느냐에 따라, 주변 사람들이 자신을 어떻게 바라보는지에 따라, 자기 자신을 판단하는 기준이 되기도 하니까요.

이를테면, 내가 생각할 때 그리 웃긴 말이 아니었는데도 불구하고 내 말에 사람들이 자주 웃고 즐거워한다면, '나는 누군가를 웃기고 즐겁게 해주는 재능이 있구나'라는 판단을 하게 될 테고, 반대로 내가 잘하고 싶고 이뤄내고 싶은 일을 해 나갈 때, 주변 사람들에게서 내가 하고 있는 일에 대해 핀찬과 무능하다는 이야기를 계속해서 듣는다면, 무기력해질 뿐더러 '내가 정말 잘하고 있는 걸까?'라는 회의감마저 들 것입니다. 그래서 인간관계로 인해, 아니 구체적으로는 다른 사람의 시선 때문에 스트레스를 받는 건 당연한 일일 것입니다.

인생을 살아가며, 아니 하물며 우리가 보내는 하루만 보더라도, 스트레스를 받는 이유 중 80%는 내적인 것보다 외적인 요소에서 오는 경우가 많습니다. 주변 사람이나 상황에 의해서 그날의 내 기분이 좌지우지되기도 하니까요.

하루의 기분뿐만 아니라 내가 내리는 판단, 의지나 신념 등도 어쩌면 생각보다 더 타인의 영향을 받고 있을지도 모릅니다. 당신을 웃게 하는 사람, 당신을 성장하게 만들어주는 사람, 당신의 도움을 필요로 하는 사람⋯⋯. 수많은 사람들이 존재할 것입니다. 결국 사람은 홀로 살아갈 수 없는 존재이며, 우리를 나아가게 하고 행복하게 해주는 것 역시 사람일 테니까요. 당신 주변에는 어떤 사람들이 있나요?

후회 없는 하루보다 만족할 수 있는 하루

요즘에는 비교의 대상이 너무나 많아졌습니다. 당장 휴대폰을 들고 SNS에만 접속해 봐도 행복해 보이는 사람들뿐이니까요. 모두 다 "나는 지금 행복해!" 하고 외치고 있는데, 나만 세상에서 가장 비참하고 작아진 것만 같은 느낌이 들 때가 많습니다. 나도 유명한 맛집에 가서 맛있는 음식을 먹고 싶고, 해외여행을 떠나 멋진 풍경을 보고 싶은데, 지금 눈앞에 있는 문제를 해결하기에도 벅차다는 생각에 한숨만 쉬며 억울한 느낌이 들곤 합니다.

'나는, 내 인생은 어쩌다가 이렇게 버거워진 것일까. 내겐 왜 행복한 일들이 없는 걸까?'라는 생각이 머릿속을 스쳐지나 갑니다.

하지만 내가 본 것은 점들에 불과합니다. 누군가의 행복한 순간을 찍어 놓은 점 말이죠. 우리 인생을 놓고 보면, 인생은 선과 같습니다. 길고 길게 이어지는 마라톤과 같은 선. 인생을 겪으며 어떤 선상 위에서 끊임없이 달려가고 있는 것인데, 모든 점들이 행복하고 하이라이트일 수는 없을 것입니다. 모든 점이 하이라이트라면, 그 점들 역시 아무것도 아닌 일상이 되어 버리기 마련일 테니까요. 그러니 다른 사람들의 행복한 순간들만 보고 나의 일상과 비교하는 일을 줄여야 합니다. 정말 중요한 건 지금 이 순간, 길고 길게 이어진 선 위에서 하이라이트처럼 찍힌 점들 이외의 일상까지도 즐겁고 행복하게 보내는 법을 아는 것입니다.

'나'는 절대적으로 아름답다는 걸 기억하세요. 그리고 본질을 바라보는 힘을 기르는 겁니다. 있는 그대로 내가 마주한 현실을 바라보면 지금껏 버텨 온 내 삶이, 지금껏 이뤄낸 나의 모든 것들이 자랑스럽게 다가올 것입니다. 지금 느끼고 있는 그 불안이 다른 사람에게서 온 것이라면 이것 하나만 기억하고, 되뇌었으면 합니다. "나는 너와는 다른 아름다움이 있으니까, 그러니까 괜찮아"라고요.

비교라는 것은 언제나 우위를 판단하기 마련이라 둘 중 더 좋아 보이는 것을 더욱 돋보이게 만듭니다. 사람들은 언제나 좋은 결과만 받아들이려고 하는 법이고, 또 그런 것들만 보려고 할 테니까요. 하지만 나의 과정을 믿으세요. 이를테면 남모르게 흘렸던 베개에 묻어있는 눈물, 땀 흘려 고생한 흔적을 담은 누렇게 변해 버린 하얀색 티셔츠의 뒷면 같은 것들이요.

　고작 남의 시선 따위로 흔들려선 안 된다는 말을 하고 싶습니다. 그 말이 진실을 기반한 사실일지라도 나는 어디서건 존중받고 대접받아야 마땅합니다. 내가 겪은 모욕이 근거가 있든 없든 나에게 수치를 줄 순 없습니다. 한 가지 확실한 건, 내 주변에서 떠들어대고 있는 사람들은 내 인생을 겪어본 적이 없다는 사실뿐입니다. 무슨 일을 하든 어떤 선택을 하든 그들의 준거기준에 합당할 필요는 없으니 너무 괘념치 않았으면 합니다. 그러한 것들은 이내 사라지는 것들일 뿐이며, 나를 결코 무너뜨리거나 무기력하게 만들 힘이 없는 것들일 뿐이니까요.

만일 누군가 나를 힘들게 할 때면 하나만 기억하세요. 나는 모욕을 겪을 사람이 아니라는 것. 그런 시선을 받을 사람이 아니라는 것. 그리고 설령 그 말이 진실된 것이더라도 그들은 나를 비난할 자격이 없다는 것. 또 수많은 사람과 상황이 지금의 나를 힘들게 할지라도 언젠가 그것조차 나를 지탱할 아주 좋은 밑거름이 될 것이라는 것. 그러니 내 인생에서 타인의 비중과 영향력을 높이지 않아야 합니다.

우린 보통 후회 없는 삶, 후회 없는 선택을 하길 원합니다. 하지만 후회는 '~보다' 낫길 바라는 비교의 마음에서 나온 단어입니다. 후회의 정의 역시 그렇습니다. '이전의 잘못을 깨치고 뉘우침.' 결국 후회는 그것보다 나았던 선택, 어제보다 무난했던 하루, 지난 번보다 괜찮았던 경기 등 비교의 대상이 있는 것입니다.

　하지만 만족은 지금 이 상태에 충분한 기분이 드는가에 초점을 둔 마음입니다. 흡족한 마음이 드는지, 모자란 부분 없이 충만한지, 결국 나 자신의 감정과 마음에 신경을 쓰게 되는 것입니다. 그러니 오늘은 비교를 줄이고, 나에게 조금 더 초점을 맞춰 후회 없는 하루보단 만족할 수 있는 하루가 되었으면 합니다.

흔들릴 필요 없습니다

언제나 인생은 선택의 연속입니다. 하지만 선택의 순간이 찾아왔을 때, 우린 너무 많은 고민을 하게 됩니다. '이 선택이 옳은 것일까?', '훗날 나에게 더욱 도움이 될 선택은 무엇일까?' 하고 말이죠.

허나 정말로 현명한 선택은 더 좋은 결과를 만드는 선택이 아니라, 선택한 후 그 선택을 어떻게 내 의도에 맞게 도움이 되는 방향으로 만들어가는지에 달려있습니다. 오로지 자신의 내면에 집중을 한 뒤 내린 선택은 올곧기 마련입니다. 그간 살아온 자신의 신념과 기준은 지금의 선택을 만들어낼 것이고, 그 이후 선택이 옳은 선택이라고 믿게 만드는 것은 온전히 자신의 몫일 것입니다. 그러니 다른 사람의 의견과 비난에 흔들릴 필요도 이유도 없습니다.

흔들릴 필요가 없다는 사실을 깨닫는다면, 자신이 선택할 수 있는 범위 내에서 보다 완벽하고 올바른 선택을 할 수 있습니다. 지금의 내가 존재하는 이유는 내가 내려온 결정들 덕분입니다. 지금의 내 모습은 내가 결정하고 선택한 것들과 내가 만난 사람들, 내가 소비해 왔던 모든 것들의 결과물인 것입니다.

'스포트라이트 효과'라는 용어가 있습니다. 다른 사람들이 자신의 외모와 행동에 대해 실제로 자신이 생각하는 것보다 더 관심을 갖는 것 같고, 주의를 기울일 것이라고 믿는 심리학적 용어인데, 토마스 길로비치라는 심리학자가 이와 관련해 한 가지 실험을 진행했습니다.

한 실험 참가자에게 오래전 유행한 가수의 얼굴이 크게 들어가 있는 티셔츠를 입게 했고, 다수의 다른 참가자들이 모여 있는 방 안으로 들어가게끔 했습니다. 티셔츠를 입은 실험 참가자는 요즘에 유행하지 않는, 시대가 지난 가수의 얼굴이 새겨진 티셔츠를 입었기 때문에 다른 참가자들이 자신을 이상하게 볼 것이라 생각했지만, 실제로 티셔츠에 그려진 가수가 누구였는지 알아차리거나, 티셔츠를 눈여겨 본 사람은 실험자 중 10%도 되지 않았다고 합니다.

실험 결과는 역시나 우리 모두가 알고 있듯이 사람들은 타인에게 그리 많은 관심이 없다는 사실을 말해주고 있습니다. 어떻게 생각하시나요? 아직도 내 행동 하나하나에 많은 사람들이 관심을 갖고 있을 것이라 생각하시나요? 냉정히 말하자면, 대부분의 사람들은 나에게 관심이 없습니다. 내가 무슨 옷을 입었는지, 무슨 헤어스타일을 했는지, 전혀 관심이 없다는 말이죠.

그러니 다른 사람이 나를 어떻게 생각하는지에 대해 고민하는 것은 내 인생에서 어떤 도움도 되지 않습니다. 일일이 신경쓰다보면, 또 하나하나 상처받다보면, 다른 사람의 시선을 신경 쓰는 일이 오히려 내 인생에 방해가 된다는 것을 깨닫게 될 것입니다.

인생을 살다보면, 누구나 완벽한 인생을 살고 싶다는 생각이 들기 마련입니다. 하지만 어디서 어떤 방식으로 살아가든 절대적인 '적'이 존재할 테지요. 이들은 내가 어떤 행동을 하더라도 미워하고, 시기할 것입니다. 다른 사람의 시선으로부터 절대적으로 자유로울 수는 없겠지만, 자신이 원하는 것과 하고 싶은 일이 명확하다면 어떠한 부정적인 시선에도 "그래서, 뭐?"라는 태도를 보여주세요.

결국 내 인생은 내 것입니다. 다른 사람에게 재단되고 휘둘리고 상처받을지라도, 언제나 나는 계속해서 나와 함께 존재할 것입니다. 그러니 다른 사람의 기준과 잣대에 너무 많은 의미를 부여하지 않았으면 좋겠습니다. 애써 맞추며 살아갈 필요도 없을 뿐더러, 그들의 기준과 잣대는 내 앞에선 전혀 의미 없는 것들이기 때문이죠.

다른 사람의 기대에 부응하지 않으며, 관계에 얽매이거나 휘둘리지 않고, 자신의 삶에 자신만의 고유한 의미를 부여하며 살아가 보는 것이죠. 어떠한 것도 '나'라는 고유명사에 다른 의미를 부여할 수 없습니다. 나를 꾸며줄 수많은 수식어가 있겠지만, 저는 부디 당신이 당신만의 고유한 방식대로 인생을 꾸며가길 바랍니다.

과거에 얽매이지 않는 것

　　과거의 일에 얽매이고 생각하는 습관을 들이게 되면 타인을 바라보게 되는 시선 또한 편협해지게 됩니다. '그 사람은 과거에 이랬는데'와 같은 생각에 이미 색안경을 끼고 사람을 판단하게 되는 것이지요. 과거에 나쁜 기억을 갖고 있는 사람이라고 해서 지금까지도 변함없이 나쁠 것이라는 생각을 버리세요. 그 사람이 나를 다시 마주하기까지 어떤 인생을 쌓아왔는지 우리는 알 수 없으니까요. 인생에 찾아온 귀인을 내치지 않을 수 있는 소중한 기회가 될 수도 있습니다.

    또 인생은 매일이 새롭기 마련입니다. 발전하고 성장하는 데 초점을 둔다면, 과거에 굳이 얽매일 필요가 없게 되는 것이죠. 물론 과거의 과오나 실수를 보완하는 데 돌이켜보고 상기시키는 일은 필요하겠지만, 굳이 과거의 것들에 얽매여 계속해서 생각할 필요는 없습니다. 언제까지고 과거의 일들이 이어지는 건 아니기 때문입니다. 내가 어제 피아노를 못쳤다고 해서 내일도 피아노를 못치리라는 법은 없는 것처럼, 마찬가지로 좋은 사람이라고 기억되는 사람이 언제까지고 좋은 사람으로 남아 있을 것이라는 보장은 없습니다. 인생은 매일 새로운 일들이 반복되니, 과거에 얽매여 다가온 기회를 놓치지 않았으면 좋겠습니다. 계속 과거에 얽매일수록 상처를 받는 건 오롯이 당신일 테니까요.

덧붙여 한 가지 냉정한 이야기일수도 있겠지만, 지금 상황을 악화시킨 건 자기 자신일 확률이 높습니다. 물론 환경이나 상황 탓도 있겠지만, 그것들은 어디까지나 문제의 원인에 그칠 뿐이며, 지속적으로 자신을 괴롭히고 질책했던 건 결국 본인일 것입니다. 과거에 머물러 지금의 자신을 옭아맬 뿐만 아니라, 미래의 자신에게까지 과거의 상황이라는 올가미로 스스로를 옥죄어 왔을 테니까요. "나는 과거에 이랬기 때문에~"와 같은 이야기로 스스로를 옥죄며, 미래 역시 변하지 않을 것이라고 단념하는 것입니다.

과거에서 벗어나 자신을 올가미에서 풀어줄 사람은 오로지 자기 자신뿐입니다. 과거를 회상하는 일이 잦을수록 현재에 만족하지 못하는 경우가 많다고 합니다. 돌아가고 싶다는 생각이 들수록 과거에 집착하지 말고, 지금에 집중했으면 합니다. 우리가 살고 있는 현재, 지금이 가장 중요하니까요. 우리가 할 수 있는 건 지금 이 순간을 잘 살아서, 미래에는 지금과 같이 과거를 후회하지 않는 것입니다. 그러니, 지금을 살았으면 좋겠습니다.

세상에서 가장 든든한 내 편

사람이라는 존재는 자연 속에서 너무나도 나약한 존재였지만, 힘을 합쳤고 무리를 만들었습니다. 무리에서 제외된다는 것은 죽음을 선고받는 것과도 같은 일이었을 테죠. 그래서 서로의 생각을 읽으려 노력했고, 상대방과의 소통을 중요시하게 되었습니다. 상대방과 다툰다거나 갈등이 일어난다는 것은 무리에서 나오게 될 확률이 높아지는 것일 테니까요. 갈등을 피하기 위해 참거나, 다툼을 원만히 해결하는 방법을 자연스럽게 배웠을 것입니다.

인간은 그렇게 사회적 동물이 되어 갔습니다. 아마 이 글을 읽고 있는 당신의 조상들은 원만히 갈등을 해결한 존재였을 것입니다. 그 방법을 깨닫지 못한 사람들은 무리에서 제외됐을 테니까요. 수백만 년 전부터 이어온 인간 고유의 습성은 우리를 타인의 시선 앞에서 당연히 자연스러울 수 없게끔 만들었고, 누군가의 인정을 자양분 삼아 성장하고 발전하게끔 만들었습니다.

시간은 빠르게 흘렀고, 이제는 누구와도 쉽게 연결될 수 있는, 그래서 누군가의 삶도 쉽게 엿볼 수 있는 세상이 되었습니다. 쉽게 엿볼수록 비교와 부러움 역시 당연시되었고, 그건 자연스럽게 '부족한 자신'에게로 초점이 맞춰질 수밖에 없습니다. 비교와 부러움이 많아질수록 스스로의 환경을, 아니 자신을 남들보다 낮게 바라보도록 만들었습니다.

'나는 왜 이럴까' 싶은 마음들은 점점 커지고, 부정적인 생각들로 머리는 가득 차게 되었지요. 그런 생각들로 가득 차니 당연히 말도 행동도 곱게 나올 수가 없을 것입니다. 나오는 말과 취하는 행동들은 내가 아닌 타인에게로 뻗어져 나갑니다. 부정적인 생각에서 비롯해 뻗어져 나간 말과 행동은 자신을 지키려 날카로운 가시를 세우거나, 위험하게 휘두른 칼과 같은 모양을 하고 있습니다. 자신을 지키려 했던 행동들이 결국 타인을 해치는 행동이 된 셈입니다. 의도하든 의도하지 않았든 간에 부정적인 감정과 생각은 관계를 망치기 마련입니다.

물론 반대의 경우도 있습니다. 모든 초점이 상대방에게 맞춰져 있는 경우입니다. 나의 행복과 기분보다 다른 사람에게 모든 기준과 초점을 맞추어 그들의 행복이 자신의 행복인 양 행동하고, 타인의 기분과 감정에 전전긍긍하게 되는 것입니다. 그렇게 되면 결국 '나'는 존재하지 않게 되고, 내가 없으니 더더욱 관계에 매달리게 됩니다. 관계가 시들해지면 모든 건 다시 자신의 탓이라고 생각하고 맙니다. 그럴수록 관계는 곧 내가 되고, 내 인생에 있어서 타인의 영향력은 극대화될 수밖에 없습니다. 그들의 한마디가 내 하루를, 어쩌면 인생을 좌지우지하게 되는 것이지요.

여전히 우리는 필연적으로 다른 사람과 관계를 맺으며 살아갈 수밖에 없는 존재입니다. 관계를 유지할 필요가 없다는 생각이 들더라도 일주일만 방에 혼자 갇혀 있으면 새삼 인간은 사회적 동물이라는 걸 깨닫게 됩니다.

앞서 극단적인 이야기의 요점은 하나입니다.

바로 '나'에 대한 이야기를 하고 싶었습니다. 세상에서 가장 든든한 내 편은 결국 '나'라는 사실 말입니다. 어떠한 상황에서도 내가 가장 잘되길 바라는 건 나일 테니까요. 건강한 관계의 시작은 건강한 자신으로부터 나옵니다.

좋은 시간을 함께하며, 좋은 경험을 함께 쌓아가고, 좋은 감정을 교류하는 것. 관계는 결국 '주고받음'으로써 이뤄지고 유지됩니다. 내 안에서부터 나온 것들이 상대방에게 전해져 상대방을 채우고, 다시 상대방의 것들로 내 안을 채우는 것이 관계를 유지하는 방식이기 때문입니다. 하지만 내 안이 썩어 문드러져 있다면 상대방에게 줄 것들 역시도 비슷한 상태일 겁니다. 받는 사람도 주는 사람도 썩 좋지만은 않은 그런 상태 말이죠.

비교는 줄이고 초점은 나에게로 맞춰보는 겁니다. 스스로의 건강함을 챙기면, 관계는 자연스럽게 개선될 거예요. 내가 없다면 그들도 없고 이 세상도 없습니다. 나만의 기준을 세우고 나에게 초점을 맞추는 건강한 연습들을 통해 나를 채우길 바랍니다. 인간관계에 지쳐갈수록, 타인을 내 편으로 만들고 싶다는 생각이 들수록, 스스로에게 관심을 갖는 일부터 시작해야 합니다. 온전한 관계는 그때부터 시작됩니다.

다른 사람의 눈치 보지 말 것

제 인생에는 첫 번째 터닝 포인트가 있습니다. 바로 이호재 감독의 영화 〈잉여들의 히치하이킹〉을 보게 된 것입니다.

당시 저는 '카피라이터'라는 직업에 굉장히 많은 관심을 갖고 있었습니다. 카피라이터라는 직업은 상품, 슬로건 등 '광고를 위한 문장'을 만들어내는 직업입니다. 카피라이터가 되고 싶었던 가장 큰 이유는 학벌이나 다른 스펙들보다 문장을 잘 만드는 '실력과 능력'이 더 중요하다는 것 때문이었습니다.

그렇게 카피라이터가 되기 위해 30번이 넘는 공모전에 참가했는데, 모든 공모전에서 탈락하고 말았습니다. 말이 30번이지, 상품을 분석하고 슬로건을 위해 회사 가치나 지역 특색 등 여러 가지를 조사하는 노력과 더불어 문장을 잘 쓰기 위해 애쓴 모든 시간들을 더하면, 한 공모전당 적어도 일주일에서 많게는 한 달의 시간을 투자한 셈이었습니다. 그 시간들은 제가 카피라이터가 되겠다고 생각한 후, 제 대학 생활의 절반 이상을 차지하는 시간이었습니다. 그 당시 뭔가 열심히는 살고 있지만, 마땅한 스펙을 갖지 못한 저는 매일 좌절의 연속이었고, '도대체 내가 뭘 하고 있는 걸까'라는 생각밖에 들지 않았습니다. 잘 살고 싶지만, 어떻게 잘 살아야 할지 모르는, 누구보다 앞서가고 싶지만 언제나 뒤처져 있는 사람이라는 생각밖에 들지 않던 때였습니다.

그러던 중 〈잉여들의 히치하이킹〉을 접하게 된 것입니다. 이 영화는 4명의 대학생의 이야기를 다룬 다큐멘터리입니다. 4명의 대학생들은 영상을 전공했고 유럽 여행을 떠나자고 결심합니다. 하지만 그들은 가지고 있는 돈이 없었고, 각자 기획, 촬영, 편집, 특수효과를 할 수 있는 능력만 가지고 있었기에 유럽에 있는 호스텔의 홍보영상을 찍어주고, 그 대가로 숙식을 해결하자는 아이디어를 떠올리게 됩니다. 그렇게 생각만 하고 있던 일을 행동으로 옮겨, 그들은 무작정 유럽으로 떠났습니다. 수많은 어려움과 갈등이 있었지만, 1년이라는 시간 동안 숙식 해결은 물론 돈도 벌고 그들이 동경하던 영국 뮤지션의 뮤직비디오까지 촬영할 수 있었습니다. 또한 그 모든 영상기록을 다큐멘터리 영화로 만들게 된 것이었습니다.

이 영화를 보고 저는 생각하는 것들을 바로 행동으로 옮겨야겠다는 생각이 들었습니다. 하지만 행동으로 옮기기 전, 어떤 걸 내가 행동으로 옮겨야 하는지를 생각해보니 막막해졌습니다. 이제껏 내가 원해서 해 왔던 일은 한 번도 없었기 때문입니다. 그저 다른 사람들이 하니까 나도 했던 것이고, 다들 그러니까 나도 그래왔던 것뿐이었습니다. 그렇게 스스로에 대한 고민이 시작되었습니다.

'나는 무엇을 좋아하고, 어떤 것에 감탄하고 기뻐하며, 내가 잘할 수 있는 건 뭘까?'

그렇게 한참을 생각하다 보니, 저는 궁극적으로 사람들이 보고 듣고 즐기는 '콘텐츠'를 좋아한다는 결론에 다다를 수 있었습니다. 그 순간 준비하고 있던 대외활동을 그만두었고, 참가한 공모전을 취

당신은 결국 무엇이든
해내는 사람

소하고, 다니던 토익학원도 끊게 되었습니다. 뭐가 될지는 모르겠지만 '콘텐츠를 만들어야겠다'는 생각 때문이었습니다. 그리고 정말 치열하게 '사람들은 어떤 걸 좋아하지?', '나는 사람들이 좋아하는 콘텐츠를 만들기 위해 무얼 할 수 있을까?' 하고 고민하기 시작했습니다.

이전까지는 궁금하거나 고민이 되는 것들이 있으면 인터넷에 검색해서 방법을 물어보곤 했지만, 이제는 스스로 고민하고 생각해야만 했습니다. 그렇게 '사람들이 좋아하는 게 뭘까?'라는 생각은 '사람들은 어떤 생각을 하고 있을까?'라는 질문으로 이어졌고, 이는 다시 '그렇다면 사람들이 어떤 생각을 하고 있는지 어떻게 알 수 있을까?'라는 의문으로 나아갔습니다. 그러다 사람들의 고민을 받으면 결국 한 사람의 가장 깊은 곳을 알 수 있게 되는 것일 테니, 자연스럽게 '사람들이 어떤 생각을 하는지 알게 되겠구나'라는 결론이 나오게 되었습니다.

그래서 당시 유행했던 SNS인 페이스북에 〈사람 소리 하나〉라는 페이지를 만들게 되었습니다. 줄여서 '사소한.' 제 첫 번째 책 제목과 같은 제목으로, '당신의 고민을 이야기해 주면, 진심을 다해 함께 고민하고 들어주겠다!'라는 아주 거창한 생각으로 시작했습니다.

하지만 도통 사람들의 고민은 오지 않았습니다. 정말 친한 사이에도 말하지 못할 고민들이 있을 텐데, 얼굴도 모르는 사람에게 고민을 보낸다는 건 말이 안 되는 일이었는지도 모릅니다. 며칠 고심하던 끝에 일단 제 고민을 사연으로 담아 올리고, 답변을 달기 시작했습니다. 그렇게 몇 달간 스스로가 만든 고민과 답변을 올리던 어느 날, 진짜 고민을 담은 사연이 오기 시작했습니다. 그렇게 성심성의껏 답변을 해 주자, 차츰 더 많은 고민들이 오기 시작했고, 〈사람 소리 하나〉는 어느 정도 인지도가 쌓여가기 시작했습니다.

그러던 중 고민 상담을 해 주었던 한 분이 메시지로 링크 하나를 보내주었습니다. 링크에 들어가 보니, 제가 남겼던 답변 중에서 위로가 되는 문장들을 모아, 힘들 때 보면 도움이 될 것 같다고 모음집처럼 올려놓은 게시물이었습니다. 그걸 보고 '아, 이거다!' 싶었습니다. 비록 참가한 모든 공모전에 떨어졌지만, 카피라이터가 되기 위해 한 문장, 한 문장에 힘을 주었던 연습은 결코 헛된 게 아니었다는 걸 깨닫게 된 순간이었습니다.

그 후, 고민은 개인적인 메시지로 답변을 해드리고 위로가 되는 글귀를 쓰기 시작했습니다. 반응이 훨씬 더 좋아졌고 그렇게 글귀를 써내려가던 어느 날, '글귀를 모아 책을 출간해보고 싶다'라는 생각이 들었습니다. 하고 싶은 것들을 해 나가니까, 자연스럽게 하고 싶은 것들이 생기는 신기한 경험을 하게 되었습니다.

그렇게 써본 적도 없는 원고를 만들어, 출판사에 투고를 하기 시작했습니다. 그 당시 70개가 넘는 출판사에 투고를 했는데 출판사마다 원하는 방향과 색깔이 모두 달라 하나하나 출판사에 맞춰야 하는 작업이 시작되었습니다. 쉽게 말해 이력서와 자기소개서를 70개 쓴 셈이었는데, 노력이 무색할 정도로 70개가 넘는 출판사에서 모두 거절당하고 말았습니다.

하지만 이상하게도 그렇게 실패를 하면서도 좌절이라는 감정이 느껴지지 않았습니다. 오히려 '이걸 어떻게 극복하지?', '어떻게 책으로 낼 수 있을까?' 하는 방법에 대해서 끊임없이 고민하고 찾고 있는 제 모습을 발견하게 되었습니다. 그러다 후원이나 기부, 투자 등을 목적으로 다수의 개인으로부터 자금을 모으는 '크라우드 펀딩'이라는 제도를 알게 되었습니다.

출판을 하기 위해서는 최소 500만 원이라는 돈이 필요했고, 금액을 모으기 위해 사람들에게 알리기 시작했습니다. 제 페이지를 함께해 준 분들 덕분에 200만 원까지는 순조롭게 모였지만, 남은 300만 원은 좀처럼 모이지 않았습니다. 대학생 신분으로 300만 원이라는 금액은 스스로 해결할 수 없는 큰돈이었습니다. 그래서 지인들에게 도움을 청해보자는 생각으로 크라우드 펀딩을 후원할 수 있는 링크 주소와 함께 "15,000원만 도와줘! 15,000원이면 한 사람의 꿈을 이루게 할 수 있어!"라는 메시지를 덧붙여 보냈습니다.

하지만 연락을 받은 대부분의 사람들은 메시지를 읽고 답장을 하지 않거나 비난의 말을 내뱉었습니다. "야, 네가 무슨 책이야 ㅋㅋㅋㅋ"라거나 "15,000원이면 치킨을 먹겠다", "라면 받침대가 15,000원이면 너무 비싸지 않냐?"라는 식이었습니다. 그렇게 고군분투하던 어느 날, 간절함이 통했던 것일까요. 한 출판사에서 남은 크라우드 펀딩 금액을 지원해줄 테니, 함께 출간을 해 보는 게 어떻겠냐고 연락을 해 왔습니다. 그렇게 첫 번째 책,『사람 소리 하나』가 세상에 나오게 되었습니다.

운이 좋았던 건지, 간절한 마음이 통했던 건지, 누군가를 위로하는 마음이 예뻤던 건지 모르겠지만, 첫 책은 상상도 못할 만큼 반응이 좋았습니다. 베스트셀러가 되었고, 책을 출간시켜준 조그마했던 출판사는 어느새 서점까지 차리게 되었습니다.

그리고 문득 '내가 출판사를 차리는 건 어떨까?'라는 생각이 들었습니다. 좋은 작가들을 만나고 싶었고, 나와 같은 꿈을 가진 사람들을 도와주고 싶었습니다. 처음 출판사를 차릴 당시에도 주변 사람들의 시선은 좋지 않았습니다. '출판 사업은 사양산업인데, 그걸 해서 뭐해?', '돈 되는 걸 좀 해라, 너는'이라는 말들로 저를 비난하기 바빴습니다.

그렇게 걱정과 비난의 눈초리 속에서 '필름'이라는 출판사를 차렸습니다. 하지만 처음 걱정과는

달리 몇 권의 베스트셀러를 출간하였고, 지금은 걱
정보다는 인정을 받고 있습니다. 또한 출판사에 이
어서 가장 좋아하는 동네인 연남동에 '카페 공명'을
차렸고, 더 많은 사람들에게 공간이 주는 아름다움
을 느끼게 해주고 싶습니다. 그리고 최종적으로는
제가 쓴 시나리오에 제가 만든 음악으로, 제가 감
독한 영화를 만들어보고 싶다는 꿈이 있습니다.

만약 다른 사람들이 하는 것들을 다 하려고 하
고, 다른 사람들이 무엇을 어떻게 이루었는지 따라
하기만 했다면, 제가 겪고 있는 지금의 과정과 행복
을 느끼지 못했을 것입니다.

꿈을 이루기 위해 나아가다 보면, 참으로 많은
상황과 사람에 부딪히게 됩니다. 그런데 정말로 웃
긴 건 그토록 무서워하고 두려워하고 아프지 않으

려고 피하려 했던 것들, 부딪히기 싫어했던 것들이 막상 부딪히고 맞서다 보니 아무것도 아니었다는 것입니다. 또 신기하게도 그렇게 부딪히고 부딪히다 보니 삶이 조금씩 달라지기 시작했습니다. 진정한 행복이라는 게 무엇인지 알게 되었고, 그렇게 느낄 수 있는 행복들은 두려운 것들 뒤에 감춰져 있어서, 두려움에 부딪히고 나서야 비로소 제대로 된 모습을 드러내는 존재라는 걸 알게 되었습니다.

생각해보면 중간중간 힘든 점도 참 많았습니다. '내가 왜 하고 있지?'라는 생각이 들기도 했고, '이게 될까?'라는 생각에 우물쭈물했던 적도 많았습니다. 하지만 일단 부딪혀 보니, 어떻게든 되어 간다는 걸 깨달았습니다. 그런 깨달음은 '안 되면 어때? 또 하면 되지' 혹은 '안 되면, 다른 거 하면 되지'라는 자신감 역시 갖게 만들어주었습니다.

대부분의 사람들은 처음을 비웃거나 비난하거나, 관심조차 갖지 않습니다. 모든 시작에 있어서 손가락질 받는 것은 당연합니다. 하지만 내가 어디론가 묵묵히 달려가거나 꾸준히 한다면, 결과가 어찌됐건 손가락질 하던 사람들의 손가락 역시 하나둘 펴지기 시작할 것입니다. 그리고 결국 다 펴진 손으로 박수를 치게 될 것입니다.

무엇을 해야 할지 알고 있다면

카페를 운영한 지 벌써 5년 차에 접어들었습니다. 처음 카페와 연이 닿았던 건 20대 초반의 대학생 시절이었습니다. 술집, 공장, 치킨집, 택배 등 갖가지 아르바이트를 하다가 우연한 계기로 "카페 알바가 꿀이래!"라는 말을 듣고 카페 아르바이트를 알아보기 시작했습니다. 하지만 저는 한 가지 간과했던 사실이 있었습니다. 카페 아르바이트를 하기 전까지만 해도 단 한 번도 카페를 가보지 않았다는 것이었습니다.

도대체 아메리카노는 무엇이고, 라테는 무엇이며, 프……프라푸치노는 무엇인지 전혀 감도 잡을 수 없는 상태였습니다. 아메리카노는 쓴 것이었고, 카라멜마끼아또는 드라마에나 나오는 단어인 줄만 알았던 그때. 저는 아무것도 모르는 상태에서 집 앞 100평 규모의 카페 아르바이트를 지원했고, 저의 호기와 패기를 알아본 사장님은 저를 덜컥 채용해 주었습니다.

카페의 '카'자도 몰랐던 터라, 시럽 몇 펌프, 파우더 몇 스푼, 얼음 몇 개, 물 몇 그람 등의 레시피를 외우는 일엔 정말 젬병이었습니다. 하지만 그것도 잠시 음료를 맛보고 파우더와 시럽의 조화에 따라 서로 다른 맛을 낸다는 걸 알게 되니, 일이 그렇게 재미있을 수가 없었습니다. 흡사 과학 실험을 하는 마음으로 출근했고, 나름 '알바생 레시피'까지

만들게 되었습니다.

　저는 보통 미들(13시~19시)타임이나 마감(16시~22시)타임에 일을 하곤 했는데, 그러다보니 자연스럽게 손님들과 접하는 시간도 많아지게 되었고, 음료를 빠르게 만들고 내보내는 일에 익숙해져 갔습니다. 바쁘고 고된 시간이 지나고 나면, 남아있는 건 더 고된 청소뿐이었지만요. 이때까지만 해도 카페 일이 재밌긴 했지만, 업으로 삼을 만큼의 매력을 느끼진 못했습니다.

　그러던 어느 날, 오픈(7시~12시)타임 아르바이트생이 스케줄이 생겨 대신 일할 사람을 구한다는 이야기를 듣게 되었고, 당시 마감 근무 스케줄이 있었지만 오픈과 마감 근무를 병행하기로 했습니다.

이른 아침, 따스한 햇살이 통유리를 통해 들어오고, 아무도 없는 카페엔 적막과 고요가 흐르고 있었습니다. 좋아하는 노래를 틀고, 에스프레소 한 잔을 뽑으며, 햇살과 음악과 함께 커피를 한 모금 마시는 그 순간, 저는 느꼈습니다. 이건 '내가 평생 가지고 갈 일이다'라고요.

그날의 여운을 아직도 잊을 수가 없습니다. 그렇게 제 머릿속은 '카페를 운영한다면, 이 여유로움을 매일 느낄 수 있겠지?'라는 허황된 생각으로 가득차고 말았고, 경영학과에 재학 중이었던 제게 '카페 사장'이라는 꿈을 갖게 해주었습니다.

그렇게 몇 년이 지나 현실과 고군분투하며, 몇 권의 책을 낸 출판사를 서투르게 운영하던 어느 날, 당시 마음 맞던 동료 작가들과 함께 카페를 차릴 기회가 생겼습니다. 기회가 생겼다기보다 기회를 만들었던 게 컸지만, 우여곡절 끝에 성수동 어느 지하에 카페를 차리게 되었습니다. 지금도 모르는 게 많지만, 당시의 저는 정말 '무지'했습니다. '무지'라는 표현이 정확하게 들어맞을 정도로 아는 게 아무것도 없던 상태였습니다. 커피 머신은 어떤 게 좋은지, 공사는 어디서부터 어떻게 할 것이며, 건물의 전력량은 어떻게 체크를 해야 하는 건지, 스케줄은 어떻게 짜야 하는 건지……. 무지했던 저는 대략적인 콘셉트와 자신감 하나만 들고, 덜컥 카페 부지를 계약해버렸고, 마찬가지로 젊음과 패기만 있었던 동료 작가들 역시 '좋아! 부딪히면 되지!'라는 마음가짐으로 카페를 시작하게 되었습니다.

모든 건 다 직접 해야 했습니다. 이전 세입자가 남기고 간 흔적들을 지워내는 것부터 시작해서 바닥 공사, 천장 공사, 전기 공사, 물건을 직접 고르고 구매하고, 짐을 옮기고, 세팅하고, 손님을 맞이하고, 커피를 내리고, 청소하는 일 등 그 누구도 경험이 없던 터라 열정으로 부딪힐 순 있었지만, 중간중간 균열이 생기기 시작했습니다. 그래도 나름 카페는 잘되었습니다. 동료 작가들의 독자들도 많이 찾아와 주었고, 그들이 입소문도 내준 터라, 간판 하나 없는 성수동 지하의 카페였지만 매출도 나쁘지 않았습니다. 아무것도 모르는 상태로 만든 것 치고는 우리만의 감성이 녹아 있는 카페였습니다.

하지만 무지에서 비롯됐던 균열은 점점 커지기 시작했습니다. "내가 더 많이 일했어", "그거 그렇게 하면 기계에 안 좋다던데?", "요즘엔 이런 게 뜬대", "우리 잘하고 있는 거 맞나?", "이번 매출에선 내가 더 가져가야 할 거 같아" 등등 각자 일을 하며 알게 된 것들이 충돌하기 시작했고, 서로 정확하게 몫을 나누는 일에 대한 건 아무런 논의도 되어 있지 않았기에 균열은 더 커져만 갔습니다. 좋아서 시작한 일은 어느덧 마음에서 멀어지기 시작했습니다. 그렇게 첫 번째 카페는 문을 닫게 되었습니다. 매출이 잘 안 나와 운영이 어려운 게 아니라, 무지에서 비롯된 서로의 이해관계를 채워주지 못해서였습니다. 지금 생각하면 아쉬운 점도 크지만, 정말 많은 걸 배우게 되었고, 이때의 경험은 카페 운영의 기반이 되었습니다.

두 번째 카페는 똑같은 장소에서 다른 콘셉트로 오픈했습니다. 하지만 기존 고객층들은 이미 다 빠진 상태였고 카페는 여전히 간판이 없는 상태였습니다. 망할 이유는 수두룩했고, 잘될 이유는 단 한 가지도 없었습니다. 카페에 '찾아올 만한 이유'가 전혀 없었기 때문이었죠. 커피가 맛있지도 않았고, 베이커리가 맛있지도 않았고, 그렇다고 공간이 너무 예뻐 사진이라도 찍으러 올 만한 곳도 아니었고, 역에서도 한참 떨어진 공간은 심지어 지하에 있어 찾아올 만한 메리트도 없는 공간이었습니다. 적자에 적자를 거듭하며 6개월이 지났고, 저는 보기 좋게 두 번째 카페를 접을 수밖에 없었습니다.

순간, 고민이 들었습니다. '나는 왜 카페를 차리고 싶었던 걸까?' 처음으로 돌아가 다시 생각해보니, 저는 그저 카페의 '여유로움'만 느끼고자 카페를 차리고 싶다는 마음을 품었던 것이었습니다. 정말 당연한 이야기지만, 카페의 손님은 여유로움을 느낄지언정 카페를 운영하는 사람은 본인의 카페에서 여유로움을 찾을 수 없다는 걸, 여유로움을 찾게 되면 그 카페는 내리막길로 접어든 것이라는 사실을 모르고 있었습니다.

두 번의 실패에도 불구하고 저는 여전히 카페를 운영하고 싶다는 마음이 들었습니다. 하지만 꼭 물어야 할 질문이 있었죠. '여전히 여유로움을 느끼기 위해 차리고 싶은 걸까?' 긴 고민 끝에 '절대 아니야'라는 대답이 나왔습니다.

실패하는 동안 저는 많은 것들에서 기쁨을 느꼈습니다. 돈을 버는 것도 중요했지만, 제가 만들어낸 공간에 일면식도 없는 사람들이 와서 먹고, 마시고, 느끼고, 즐기고 가는 모습이 좋았습니다. 아니, '좋았다'라는 표현 이상으로 마음이 가득 차서 넘쳐흐르는 감정을 느꼈습니다.

그렇게 '카페를 차리고 싶다'라는 생각은 '진짜 잘하고 싶다'로 바뀌었습니다. 하지만 '진짜 잘'하려면 수많은 것들이 필요했습니다. 실패하면서 느꼈던 경험과 감정들을 기록했고, 보완할 것들을 찾아나갔습니다. 잘되고 있는 카페를 찾아다니며, '이 카페는 왜 잘되는지', '사람들이 이 카페를 왜 좋아하는지' 저만의 기준들로 분석해 나갔습니다. 그런 시간들이 계속 이어지고 쌓이게 되자 저만의 관점이 생겼고, '사람들이 즐기고 느낄 수 있는 공간'에 대한 저만의 방식을 구체적으로 생각해 나가기 시작했습니다.

생각이 구체화되니, 일은 일사천리로 진행되었습니다. 그렇게 가장 좋아했던 동네, 연남동에 소중한 공간이 탄생할 수 있었습니다. 그리고 제가 구체적으로 생각했던 공간에 대한 의미를 카페 정문에 적어 두었습니다.

우리는 이 공간에서 당신의
고마운 발걸음을 기다렸습니다.

이 공간을 찾아준 당신에게
감동을 선사하고 싶습니다.

이곳에 앉아 조금의 여유를 즐길 수 있도록,
편안한 생각이 날 수 있도록,
그간 밀렸던 수다를 나누실 수 있도록,
평생 단 한 번만 찾아오는 기념일을 마음껏
축하해 줄 수 있도록,
누군가의 인생을 바꿔버릴 수도 있을 만한
예술 작품을 만들어낼 수 있도록 말이에요.

우리는 공간이 주는 의미에 대해서 가볍게
생각해본 적이 없습니다.
바닥과 천장이 만들어주는 공간감.
테이블과 의자에서 느껴지는 편안함.
진열된 책들과 창문 사이로 쏟아지는

따뜻하고도 밝은 영상.

그 모든 것들 중 어느 하나 고민하지 않은
것들이 없습니다.
그래서 우리는 진심과 정성을 다해 커피를
내리고 빵을 만들고 당신을 맞이하겠습니다.

귀한 발걸음 해주셔서 고맙습니다.
이곳은 카페 공명입니다.

하지만 막상 카페를 오픈하고 나니, 생각지도
못한 수많은 일들이 들이닥쳤습니다. 궂은 날씨, 기
계고장, 코로나 등 제가 어떻게 해볼 수 없는 일들
이 계속해서 휘몰아쳤습니다. 2019년 5월에 카페
를 오픈했는데, 운영한지 7개월 만에 코로나가 들
이닥쳤습니다. 그리고 코로나의 여파는 여전히, 아

직도 우리에게 영향을 미치고 있습니다. 당연히 모든 자영업자가 그렇듯 쉽지 않습니다. 아니, 어렵습니다. 매일, 매 순간 그만두고 싶다는 생각이 들었고, 월 마감을 하고 매출을 볼 때면, 직원들과 함께 할 수 없을 것 같다는 생각이 몇 번씩 들기도 했습니다. 실제로 매달 수천만 원의 적자가 나고 있는 상황이었으니까요. 하지만 저는 계속해서 버티겠다고 마음먹었습니다.

버틸 수 있는 원동력은 딱 하나였습니다. 전국에 있는 모든 카페가 망했다면, '나도 이젠 어쩔 수 없구나' 싶은 마음으로 내려놓았겠지만, 절대 그렇지 않았으니까요. 여전히 잘되는 곳은 잘되고 있었습니다. 사람들은 코로나임에도 불구하고 줄을 서서 핫한 카페의 빵과 커피를 먹고 싶어 땡볕에서 기다리기도 했습니다. 그러니 우리 카페가 안되고 있다면, 분명 이유가 있을 거란 생각이 들었습니다. 그렇게 한참을 고민한 후에 찾게 된 이유는 '카페에 찾아올 만한 이유가 없는 것'이었습니다.

당시 '존버는 승리한다'는 말이 유행할 때였는데, 저는 이 말에 반쯤은 동의하지만, '치열한 고민' 없이 그냥 버티는 것만으로는 절대로 승리할 수 없다고 생각합니다.

갑자기 들이닥친 코로나는 그 누구도 예상치 못했던 변수였습니다. 그리고 코로나라는 변수는 우리 삶 자체를 빠른 속도로 변화시켰습니다. 그렇기에 '코로나 때문에'라는 말은 모두의 고개를 끄덕일 만한 요소였고, 모두의 예상보다 훨씬 길어진 코로나의 여파는 변화에 빠르게 적응하지 못한 것을 중심에서 밀어냈습니다. 그렇기에 그저 '존버'만 한다는 것은 갑자기 바뀌어버린 세상의 중심에서 점점 멀어지겠다는 선택과 같은 의미라고 생각했습니다.

그때 송길영의 『그냥 하지 말라』라는 책 속 한 문장이 제게 의미 있게 다가왔습니다.

변화는 중립적이어서 좋은 것도 나쁜 것도 없습니다.
내가 준비했으면 기회가 되고, 그렇지 않으면 위기가 될 뿐입니다.

결국 일어날 일은 일어날 테고, 내가 알던 믿음과 상식은 언제든 무너질 것이며, 세상과 사회는 속도가 다를 뿐 계속해서 변해갈 것입니다.

문장을 마주한 후 들었던 생각은 '변화를 유심

히 관찰하며 나만의 생각과 고민을 계속해서 축적해 나가야겠다'는 것이었습니다. 어쩌면 변화를 받아들이는 것은 이 시대를 살아가는 인간으로서 제가 걸어갈 수 있는 유일한 길일 테니까요. 변화를 통제할 수 없다면 제가 선택할 수 있는 건 변화의 흐름에 올라타거나, 변화를 원망하는 일밖엔 없을 것이란 생각이 들었습니다.

카페 직원들과 일주일에 한 번 하는 회의에서 '절대로 하지 말아야 할 행동'이 있습니다. 바로 '핑계를 찾는 것'입니다. 만약 일주일간 매출이 잘 나오지 않았다고 가정해 보면, 일주일 내내 비가 왔을 수도 있고, 미세 먼지가 심했던 날도 있을 것입니다. 또 코로나가 심각해져일 수도 있고, 날씨가 너무 춥거나 더워서 일수도 있을 테죠. 하지만 그건 말 그대로 '핑계'일 뿐입니다. 전국의 모든 카페가 망하지 않았다면, 사람들은 어느 카페든 찾아갈 테니까요. 그렇다면 회의의 답은 나왔습니다. 우리가 해야 할 일은 계속해서 사람들이 '찾아올 만한 이유'를 만드는 것뿐이었죠.

가장 먼저 했던 일은 '우리가 갖고 있는 장점과 단점'에 대해 파악하는 일이었습니다. 크고 쾌적하며, 인테리어가 예쁜 120평의 공간은 우리가 갖고 있는 명확한 장점이었습니다. 또 하나의 장점은 직원들이 친절하고, 친절한 직원들은 매장을 항상 위생적이고 청결한 상태로 유지하고 있으며, 최상의 원두로 최고의 커피를 내리고 있다는 것이었습니다.

단점 역시도 명확했습니다. 맛없는 빵이었죠. 공간과 친절에 집중하다보니 신경 쓰지 못한 부분이었습니다. 그렇다면 지금 바꿔야 할 것은 빵의 맛이었습니다. 이후 서울, 경기도에 있는 수많은 카페와 빵집을 조사하기 시작했습니다. 지역별 상권, 사람들이 줄 서는 곳의 특징, 매장별 빵 맛의 특징부터 해서 잘되는 곳은 왜 잘되는지, 사람들이 없는 곳은 왜 안되는지와 같이 수많은 매장을 일일이 방문하고 인터뷰하고 맛보며 우리만의 데이터를 쌓았습니다.

이후 우리만의 기준을 세울 수 있었습니다.

1. 우리가 할 수 있는 것인가?
2. 우리가 만족할 수 있는 것인가?
3. 사람들을 설득시킬 수 있는 것인가?

기준에 맞게 베이커리 아이템을 기획하고 테스트하였고, 수백 번의 실패와 수정, 보완을 통해 우리가 제일 잘할 수 있으면서도 사람들을 만족시킬 수 있겠다 싶은 제품을 만들 수 있었습니다. 그렇게 코로나라는 변수와 변화에도 불구하고 연남동 카페 공명은 2021년 7월부터 2022년 2월까지 매출 기준 '마포구 상위 1% 카페, 연남동 1등 카페'를 달성할 수 있었습니다. 우리가 계속해서 변화에 올라타고, 우리가 세운 기준을 만족시킬수록 이 기록은 계속해서 달성할 수 있을 것이라는 확신이 생겼습니다.

하지만 명심해야 할 것이 있습니다. 오로지 '제품(베이커리)' 덕분에 잘된 게 아니라는 것입니다. 앨런 가넷의 '성공 방정식'에 따르면 성공은 적합한 모든 상태를 곱한 상태가 유지되어야 한다고 합니다.

$$적합한A \times 적합한B \times 적합한C \times 적합한D \times 적합한E = 성공$$

위 방정식에 따르면 아무리 많은 성공 요인이 제대로 갖춰지고 좋은 방향으로 흘러갔다고 하더라도, 단 한 가지 요인이라도 잘못되거나 잘못된 방향으로 전개되면 모든 게 무용지물이 될 수 있다는 것입니다.

저는 무척이나 공감이 됐습니다. 기본적으로 '맛'이라는 것 안에도 여러 가지 요소가 포함돼 있기 때문에 제품 자체의 맛, 매장의 청결 상태, 흘러나오는 좋은 음악, 직원의 친절, 인테리어 등 모든 요소 중 하나라도 빠지게 된다면, 고객은 '별로였다'는 느낌을 받게 될 테니까요.

그러니 카페를 성공으로 연결시키려면 '커피도

맛있어야 하고, 빵도 맛있어야 하고, 위생적이어야 하고, 직원도 친절해야 하며, 인테리어까지 좋아야' 성공할 확률이 높아진다는 것입니다.

우리가 잘해내고 싶은 모든 일이 이와 비슷합니다. 모든 게 적합한 상태로 유지되었을 때 비로소 원하는 결과를 이뤄낼 수 있습니다.

일은 잘되다가도 안되기도 하고, 안되다가도 잘되기도 합니다. 인생도 이와 비슷합니다. 좋은 흐름을 탔을 땐 좋은 일들만 다가오는데, 안 좋은 흐름을 탄다고 느끼면 불행한 일들이 자주 모습을 드러내곤 합니다. 그럴 때마다 무너지고 좌절한다면, 추구하는 가치나 목표를 이뤄낼 확률은 희박해집니다. 상황은 계속해서 변합니다. 어쩌면 기복은 롤러코스터보다 심하게 찾아올 것입니다. 그렇기에 중심을 잡아야 합니다. 중심을 잡으려면 '추구하는 가치나 꿈, 목표'가 있어야 하고, '자신이 해야 할, 해내야 할 일'이 명확해야 합니다.

저의 꿈 중 하나는 '보고 듣고 마시는 모든 것들이 우리 손을 거쳐 가도록 만들겠다'는 것입니다. 여기에 제가 할 일은 명확합니다. '좋은 책을 만들고, 많은 사람들이 읽게 만든다', '커피와 빵, 공간에 진심을 담아내고, 사람들이 계속해서 찾아오게끔 만든다.'

처음은 누구나 그렇듯 어설프고, 무지합니다. 돌이켜보면 '왜 그랬을까' 싶을 정도로 부끄러운 순간들일 것입니다. 하지만 그렇다고 해서 꽁꽁 숨겨두기만 한다면, 발전을 원하면서도 똑같은 패턴으로 일하고 생활한다면, 마찬가지로 결과 역시 똑같을 것입니다. 마음을 먹었다면 부딪히면 됩니다. 이것저것 재는 건 그 다음으로 미뤄도 충분합니다. 부딪히고 느꼈던 걸 보완하고 치열하게 고민한 결과로 계속해서 메우고 채운다면, 혹여 자신이 꿈꿨던 모습과 다르더라도 '충분히 만족할 만한 삶'을 살아갈 수 있을 것입니다.

무엇이 되더라도
무엇을 하더라도

어차피 불안할 거라면
인생 한 번뿐이니,
하고 싶은 거
하면서 살아라.

용기가 기회를 만들고,
고민이 결과를 낳는다.

어쩔 수 없는 건 어쩔 수 없는 대로

하루는 무척이나 센티해져서 조용하게 마음을 울리는 노래를 들으며 드라이브를 해야겠다는 생각이 들어 집을 나섰습니다. 그런데 길을 나선지 10분도 채 지나지 않았는데, 깜빡이도 없이 끼어드는 차 때문에 놀란 동시에 이내 감정은 화로 물들었습니다. 센티했던 감정은 금세 분노로 바뀌었습니다.

이대로 드라이브를 가기에는 기분이 좋지 않아 씩씩대며 집으로 들어왔는데, 들어오자마자 두고

갔던 설거지거리를 보면서 다시 화가 치밀어 올랐고, 설거지를 하다가 그릇을 깨고 말았습니다. 깨진 그릇을 보며 내 하루를 망친 걸 갑자기 끼어든 차 때문이라며 탓을 하기 시작했습니다. 그런데 문득 '이게 맞나?' 하는 생각이 들었습니다. 고작 그 이유 때문에 내 하루를 망쳤다고 하기엔 묻어두고 넘어갈 수 있는 일에 온몸의 부정적인 감정을 쏟았고, 화가 난 채 씩씩거리며 설거지를 하던 제 모습이 떠올랐기 때문이었습니다.

살다 보면 이와 비슷한 일을 많이 겪게 됩니다. 내 의지와 통제를 벗어나 나를 괴롭히는 일들. 하지만 그런 것들에 대고 씩씩거려봤자 달라지는 건 아무것도 없다는 걸 우린 잘 알고 있습니다. 그러니 이미 어쩔 수 없는 일이 된 건, 그냥 어쩔 수 없게 놓아버려야 합니다. 두고두고 화를 내고, 네 탓이네, 그것 때문이네 하고 화를 내봤자, 상황과 현실은 조금도 나아지지 않으니까요.

누구의 탓도 아닙니다. 그냥 살다 보면 가끔 그런 일도 생기는 것이죠. 그럴 때일수록 유연하게 대처하다 보면 삶에 틈이 생기게 됩니다. 그 틈으로 알 수 없는 행복이 들어오기도 하고, 귀한 사람이 들어오기도 합니다. 지나간 건 지나간 대로, 어쩔 수 없는 건 어쩔 수 없는 대로, 그렇게 그대로 놓아줄 수 있는 연습이 필요합니다. 그런 사소하고 중요하지 않은 것에 내 기분과 시간을 뺏길 필요는 없으니까요. 그 틈 사이로 좀 더 행복한 것들이 들어올 수 있도록, 탓으로 틈을 메우지 마세요.

그해 가을에는 벚꽃이 피었습니다

'나만의 속도'로 걸어가라는 이야기에 좀처럼 공감하지 못하던 시절이 있었습니다. 도대체 그 속도는 언제 찾아오는지, 있기는 한 건지, 있다면 왜 나에게만 유독 느리게 오는 것인지 도통 알 수가 없었습니다. 제 속도로 걸어가라는 사람들을 보고서 느꼈던 것은 '당신은 당신만의 속도를 이미 찾았으니 그런 여유로운 소리를 할 수 있는 거지!'라는 생각마저 들었습니다. 부정과 불안의 칼날은 언제나 날카롭게 날이 서 있었고, 그 칼은 세상을, 타인을 스치고, 결국 나를 찔러 아프게 만들었습니다. 그러던 어느 날 길을 걷다, 사무실 앞 보도블록 사이로 피어난 잡초 하나를 발견하였습니다. '너도 참 애쓴다' 하는 마음으로 스쳐지나갔고 하루, 또 하루 그렇게 일주일이 지나갔습니다.

봄의 문턱으로 가는 길엔 겨울이 자주 심술을 부리곤 합니다. 그해 겨울은 심술을 심하게 부렸던 터라, 하루 종일 비가 내렸습니다. 그 모양이 "칫-" 하고 삐지는 것만 같았죠. 잡초는 비를 피할 길이 없었고, 고스란히 쏟아지는 비를 맞았습니다. 그 모양이 마치 눈물을 흘리는 것만 같아, 그게 안쓰러워 유독 그 잡초가 눈에 밟히더군요.

당시 봄이 올 무렵이어서 그런지 뉴스엔 꽃과 관련된 이야기들이 많았고, 그중 봄을 알리는 대표적인 꽃인 '벚꽃'과 관련된 뉴스 기사가 눈을 사로잡았습니다. 하지만 기사를 보고 꽤나 의아했습니다. 봄을 대표하는 벚꽃이 봄이 한참 지난 9~10월에도 가끔 만개를 한다는 이야기 때문이었죠.

명확한 이유는 아직 밝혀지진 않았지만, 학자들이 추측한 가장 유력한 이유는 "벚꽃이 헷갈려서 그랬다"라는 거였습니다. 웃음이 나왔고, 벚꽃이 조금 귀엽다는 생각을 했습니다.

벚꽃은 도대체 왜 헷갈렸을까요. 기사를 조금 더 읽어보니, 그럴 수 있겠구나 싶었습니다. 가을 벚꽃이 피어나는 현상은 주로 '태풍이 연달아 일어났던 해'에 발생한다고 합니다. 벚꽃은 보통 봄에 피어나 뜨거운 햇살과 태풍을 지나고, 매섭도록 차가운 바람과 얼어붙을 만큼 추운 계절을 보냈을 때쯤 따뜻한 햇살이 느껴지면, 그때가 되어서야 '필 때'

가 되었다고 판단하고 개화를 준비한다고 합니다. 그런데 태풍이 잦은 해에는 여름 태풍의 매서움을 겨울바람으로 착각하고, 가을 햇살을 봄 햇살의 따스함이라 판단해 개화를 한다는 것이었죠.

벚꽃은 주변의 벚꽃이 핀다고 해서 덩달아 피는 게 아니었습니다. '수천만 번의 흔들림'을 견디고 버텨냈으니, 따스한 햇살이 비춘 것이라 스스로 판단하여 그제야 피어난 것이죠.

저는 잡초와 벚꽃을 보며 다시금 '나만의 속도'에 대해 생각했습니다. 무서움, 불안함, 두려움, 아픔……. 어떤 잡초든, 벚꽃이든, 사람이든 외부 환경에 의해 흔들리는 순간이 찾아오기 마련입니다. 하지만 결국 흔들림 역시 끝은 나고, 따스한 햇살이 비추는 때는 분명 올 것입니다.

우리가 하는 대부분의 불안감은 '스스로 느낀 것'이 아니라, 주변으로부터 시작됩니다. 다른 사람보다 늦어서, 다른 사람만큼 못하는 것 같아서, 다른 사람들은 잘하는 것 같은 데와 같이 모든 중심과 초점이 타인에게 가 있으니 흔들리게 되는 것입니다.

잡초는 항상 그래왔습니다. 나 여기 있다고 뽐내거나 티내지 않고, 어디서든 꿋꿋하게 자라났습니다. 아무리 뽑히고, 밟히고, 흔들리고, 맞아도 제 속도로.

어느 누가 가을에 핀 벚꽃이라고 해서 벚꽃이 아니라고 할 수 있을까요. 어느 누가 가을에 핀 벚꽃이라고 해서 예쁘지 않다고 할 수 있을까요. 벚꽃은 언제 피어도 벚꽃인 것처럼 내가 피어날 시기 역시 나에게만 맞추면 되는 거였고, 나는 흔들리고 아프고 불안해도 계속해서 나로 존재하면 되는 거였습니다.

'나만의 속도'는 그런 거였습니다. 나만의 속도로 걸어가라는 이야기에 공감하지 못했던, 마음이 여유롭지 못했던 이유는 내가 아니라 자꾸만 옆을 바라보았기 때문입니다. 옆을 보니 내가 느린 것만 같고 뒤처지는 것만 같다는 생각이 들었기 때문이었습니다.

벚꽃처럼 잡초처럼 꿋꿋한 사람이 되었으면 합니다. 타인이 아닌 스스로에게 초점을 맞추고 중심을 잡아가는 사람이 되었으면 합니다. 나만의 속도는 분명 존재합니다. 평생 흔들리고 불안하고 아픈 상황들이 찾아올 테지만, 저는 믿고 있습니다.

'나만의 속도'로 간다면 그런 것쯤 별것 아닐 거라
는 걸.

행복은 나의 책임에 달려 있습니다

저는 일에 푹 빠져있는 삶을 좋아했고, 일로 얻어낸 성과에 뿌듯함을 느끼며 살았습니다. 해낸 것들을 보면 스스로가 자랑스러워, 밥을 먹지 않아도 배부르다는 말이 무엇인지 알 수 있을 정도였지요. (정말입니다.)

내가 잘할 수 있다고 믿은 것들이 진짜로 잘됐을 때의 쾌감은 맛있는 음식을 먹었을 때의 기분보다 더 좋았습니다. 그래서 자꾸만 열심히 살아야 할 명분을 만들었습니다. 직원들이 생겼으니까, 꿈이 조금 더 커졌으니까, 조금 더 선한 영향력을 펼치고 싶으니까. 하고 싶은 일들이 점점 늘어나고, 챙겨야 할 것들이 더욱 많아졌다는 명분들이었죠.

하지만 스스로 다독이고 몸을 움직이게 만드는 건 언제나 한계가 있기 마련입니다. 저는 천성이 게으른 편이라 미루는 걸 좋아하고, 가만히 있는 걸 제일로 여기며, 놀고먹는 것에 큰 만족감을 느끼던 사람이었습니다. 이를테면 원고 마감이라거나, 콘텐츠를 발행하는 일, 미팅을 준비하는 일 등 끝까지 미루고 미루다 도저히 미룰 수 없을 때가 되어서야 일을 처리하는 스타일이었고, 항상 턱 끝까지 차오른 마감기한을 보며 '다음부턴 진짜 미리미리 하자'고 '생각만 하는' 천성이 그런 사람이었습니다.

혼자는 무엇이든 어려웠습니다. 명분은 자꾸

생겨도 천성을 이기는 데엔 꽤나 많은 노력이 필요했습니다. 저만 그런 건 아닐 겁니다. 타고나길 부지런해서 무언가를 미리미리 하거나 재빠르게 해내는 사람들에겐 큰 노력이 들지 않을 테지만, 대부분의 사람은 '놀고먹는 걸' 좋아하니까요. 그렇게 태어났고, 설계되어 있습니다. 서 있으면 앉고 싶고, 앉으면 눕고 싶고, 누우면 자고 싶은 것처럼.

평소 '원래 그렇다'는 말을 싫어하긴 하지만, 정말로 인간은 '원래' 계속해서 편하고 쉬운 걸 추구해왔습니다. 그래서 조금 더 편하고 쉬운 방법으로 세상은 발전하고 있고, 발전의 중심에 선 사람들은 큰돈을 벌거나 수많은 사람들의 존중을 받습니다.

마음 가는 대로 행동하는 것들, 가령 가만히 누워있거나, '내 일은 내일의 내가 할 거야'라는 마

음가짐, '어떻게든 되겠지' 하는 생각들은 성공과
실패, 두 기준에서만 본다면 실패에 조금 더 가까울
것입니다. 실패는 성공과 다르게 실패하려고 노력
하지 않아도 자신의 발로 찾아오기 마련입니다.

대학교수이자 작가인 조던 피터슨은 『12가지 인
생의 법칙』에서 다음과 같이 말하고 있습니다.

자신의 가치를 낮게 보는 사람들은 대체로 삶
에 대한 책임을 외면하려고 한다. 이런 사람들
은 늘 문제가 있는 사람들을 친구로 둔다. 과거
에 그런 사람들에게 충분히 당해서 잘 알고 있
는데도 그렇다. 그들은 스스로 좋은 삶을 누릴
자격이 없다고 생각하고 인생에 대해 아무 기
대도 하지 않는다. 어쩌면 더 나은 삶을 위해 노
력하는 게 싫을 수도 있다.

지금의 삶이 만족스럽지 않다면, 무언가를 바꾸어야 한다는 신호입니다. 원하는 것이 있다면, 하고 싶은 것들이 있다면 '그냥 하면 되는 것'입니다. 하지만 대부분의 사람들은 미룰 수 있을 때까지 미루고 또 미룹니다. 지금 하더라도 내일과 오늘이 별반 다를 게 없을 거란 생각, 만약 실패하면 웃음거리가 되진 않을까 하는 기우, 편하게 있고 싶은 마음의 근본인 귀찮음 때문이겠지요.

조던 피터슨의 말 중, 첫 문장인 "자신의 가치를 낮게 보는 사람들은 대체로 삶에 대한 책임을 외면하려고 한다"는 말을 반대로 바꿔보면 납득이 갈 것입니다. "삶에 대한 책임을 외면할수록, 자신의 가치를 낮게 보게 된다."

원치 않았더라도 우리는 태어났으니 살아가는

게 당연합니다. 어쩌면 우리 모두의 삶에 적용되는 말이겠지요. 그리고 삶이라는 건 계속해서 명분을 쌓는 일의 연속입니다. 잘 먹고, 잘 자고, 잘 싸는 것만으로도 인간은 충분한 만족감을 느끼는 존재입니다. 하지만 인간은 다른 동물들과 다르게 스스로에 대한 생각과 고민을 합니다. 다른 사람에게 더 잘 보이고 싶다는 욕구는 덤이죠. 그래서 조금 더 발전하고 싶고, 잘 해내고 싶고, 자랑하고 싶고, 인정받고 싶어 하는 것일 테죠.

여기서 두 가지 욕구가 충돌합니다. 편안하고 쉬운 것. 발전하고 잘 보이고 싶은 것. 선택은 스스로의 몫입니다. 그러니 결과까지도 온전히 받아들여야 합니다. 물론 '편안하고 쉬운 것'을 지향한다고 해서 '나쁜 삶이다', '게으르다'라고 말할 순 없을 겁니다. 추구하는 가치는 제각기 다를 테니까요.

하지만 편안하고 쉬운 것에 만족한다면, 그 결과 역시도 받아들여야 한다는 걸 말하고 싶습니다. 다른 선택을 해서 다른 결과를 얻은 사람들을 보며, '부럽다', '후회된다'는 생각을 할 필요가 없다는 겁니다. 결국 지금 자신의 모습은 자신이 만들어낸 것일 테니까요.

우리는 자신의 삶에 책임을 질 수 있는 사람이었으면 좋겠습니다. 어떤 결과라도 그 순간 내가 할 수 있는 최선의 선택이었음을 인정하고, 스스로의 가치를 존중하길 바랍니다. 다른 누군가의 인정이 아닌, 스스로에게 건네는 인정과 응원이 우리를 더욱 나은 곳으로 이끌어 줄 것입니다. 결국 나의 행복은 나의 책임에 달려 있으니까요.

불행을 극복하는 방법

전 세계적으로 들이닥친 팬데믹은 누구에게도 예외는 없었고, 함께 온 경제적인 타격은 '이거 진짜 망했구나'라는 생각까지 들게 만들었습니다. (실제로 적자가 매달 수천만 원씩 나고 있었던 상황) 엎친데 덮친 격으로 좋지 않은 일들이 많이 발생했는데, 그 순간 제가 할 수 있는 건 '어떻게든 이겨내 보자. 지나갈 거야, 분명'이라는 다짐으로 꾸역꾸역 버텨내는 것뿐이었습니다. 그렇게 2년 가까이 한 달에 몇 천만 원씩 적자를 보다 보니, 어느새 이겨내 보자는 생각도 더 이상 들지 않았고, 어쩌면 이대로 지나가지 않을 수도 있겠다는 불안함이 커지기 시작했습니다.

하지만 코로나가 시작되고 힘들었던 사업은 현재 어느 정도 숨통이 트인 상태가 되었고, 다행히도 상승세를 그리고 있습니다. 그 과정에서 극심한 불안과 무기력을 극복해내며 성과를 얻을 수 있었던 방법을 공유해볼까 합니다.

불행에 먹이를 주지 않는다

저는 정말 힘들고 불행한 순간이 찾아오면 '불행은 아무런 힘이 없다'고 생각하곤 합니다. 결국 불행에 먹이를 주고 힘을 준 건 나였을 테니, 불행이라는 녀석을 더 키우지 않으려면 불안이나 걱정과 같이 불행이 좋아하는 먹이를 더 주지 않으면 되는 것입니다.

혹시 '회복탄력성'이라는 단어를 들어보셨나요? 인상 깊게 본 책의 제목이기도 한 이 단어는 역경과 고난이 찾아왔을 때 얼마만큼 다시 일어날 수 있는지, 무너지게 되더라도 고난과 역경을 발판 삼아 딛고 일어나는 힘을 말합니다. 회복탄력성을 이루는 많은 요소가 있지만, 그중에서도 '긍정적인 생각'이 가장 큰 역할을 한다고 합니다. 모두가 '긍정적인 것이 좋다'는 건 알고 있지만, 막상 실천하는 것엔 큰 어려움이 있습니다.

긍정적인 생각 역시도 연습이 필요합니다. 언어를 배우는 것처럼 부단한 인식과 내뱉는 훈련들이 필요하다는 거죠. 뿐만 아니라, 긍정적인 사고를 하기 위해 꾸준히 노력하는 것만으로도 역경을 딛

고 일어날 힘을 기르는 것과 비슷한 효과를 보인다
고 합니다.

불행을 비롯해 부정적인 감정과 순간들은 '갑
작스레', '언제나' 찾아오기 마련입니다. 앞서 말했
듯 그런 것들이 찾아오더라도 '나는 별로 그렇게 생
각하지 않는데?', '나는 이 상황을 잘 헤쳐 나갈 거
야', '지금 이 상황에서 내가 할 수 있는 건 무엇이
있을까?'와 같은 긍정적인 생각만이 우릴 부정 속
에서 벗어나게 해줄 수 있을 것입니다. 자신을 무한
한 긍정 속으로 빠뜨리는 것. 어쩌면 다가온 불행과
힘듦을 대처하는 하나의 방법일 것입니다.

끊임없이 움직이며 나만의 패턴 만들기
정신과 건강은 하나로 연결돼 있다는 연구 결
과가 있습니다. 실제로 뇌에서는 '신체적인 고통'을

처리하는 곳과 '정신적인 고통'을 처리하는 곳이 같다고 합니다. 심지어 마음이 아픈 사람에게 타이레놀을 몇 주간 복용하게끔 했더니 심리적 불안과 상실감이 복용하지 않은 사람보다 완화됐다고 합니다. 정신적인 부분을 다스리고 안정된 상태로 끌어올리려면 신체적인 활동이 큰 도움이 될 수 있음을 시사하고 있습니다.

저 역시도 어렵고 힘든 상황이 찾아왔을 때, 또 마음이 불안으로 가득 찼을 때, 삶의 루틴을 바꿔주었습니다. 평소엔 눈을 뜨자마자 씻고 출근을 해 정신없이 일을 했지만, 삶의 루틴을 바꾼 후 아침에 무작정 나가 10km를 달리고 기력이 남으면 웨이트 운동으로 하루를 시작했습니다. (실제로 '아무것도 하기 싫다'는 무기력한 생각이 들 때면, 눈 딱 감고 집 앞을 산책하거나 뛰는 행동을 하면, 몸 안에서부터 에

너지가 차오르는 것을 느낄 수 있을 거예요.)

    처음 2주간은 정말 힘들었습니다. 점심시간쯤이 되면, 눈꺼풀이 너무나도 무거웠고 취침시간은 자연스럽게 빨라졌습니다. 운동을 하기 전엔 밤만 되면 이런저런 생각이 많아져서 말똥말똥한 눈으로 새벽 3~4시까지 잠에 들지 못하는 경우가 많았고, 늦게 자다 보니 당연히 다음 날에 영향을 줄 수밖에 없었습니다. 운동은 이러한 첫 번째 악순환을 끊어내는 가장 좋은 처방이었습니다.

    몸을 움직이는 건 규칙적인 삶뿐만 아니라 스스로에 대한 기대감 그리고 무엇이든 할 수 있겠다는 자신감까지 가져다주었습니다. 무슨 운동 하나로 극적인 변화가 있겠냐고 생각할 수도 있겠지만, 아침 일찍 일어나 어떻게든 목표를 달성한 저는 이미 '가장 큰 일을 해냈네. 다음 목표들은 더 쉬우니까 다 해낼 수 있겠다!'는 생각으로 하루를 보낼 수 있었습니다.

우리를 더 큰 어려움으로 빠뜨리는 건 모두 불행이 불러온 '불안' 때문입니다. 그런데 몸을 움직이니 마음이 움직였고, 차오르는 마음이 불안을 위축시켰고, 위축된 불안은 힘을 쓸 수 없게 되었습니다. 그러니 지금 불안하거나 무기력하다는 생각이 든다면, 일단 움직여야 합니다.

실제로 우울한 마음이 드는 사람들에게 가장 많이 추천해주는 처방 중 하나는 "햇빛을 많이 쬐고, 물을 많이 마시고, 산책을 하는 것"이라고 합니다. 가장 원초적인 행동들이 우리의 우울한 감정을 사라지게 만드는 셈이지요.

달리기와 우울증에 관한 연구도 있는데, 달리기를 하며 느낄 수 있는 가장 큰 행복 중 '러너스 하이'라는 상태가 있습니다. 러너스 하이는 일정 시간 달리는 중 머리가 매우 맑아지고 경쾌한 느낌이 드는 순간을 말합니다. 이때 우리의 의식 상태가 헤로인이나 마리화나와 같은 마약을 투약한 느낌과 비슷할 정도로 중독적이라고 합니다.

힘든 순간과 불행은 예측하지 못하는 시점에서 찾아옵니다. 우리는 감정에 지배되어 있습니다. 그래서 기분이 좋지 않을 땐 몸에 힘이 빠지기도 하고, 사소한 것에 예민해지기도 하죠. 하지만 불행이 찾아온 힘든 순간에 우리가 가장 먼저 해야 할 일은 삶의 안정적인 패턴을 만드는 것입니다. 비슷한 시간에 잠을 자고, 충분한 수면을 취하고, 햇볕을 많이 쬐고, 땀을 흘리고, 집중할 대상을 찾는 것.

이것만으로도 힘든 순간을 이겨낼 큰 발판을 만들수 있습니다.

힘들다는 생각이 들 때면, 움직임을 포함한 삶의 안정적인 패턴을 만들어보세요. 벗어나고 싶다면 노력이 필요합니다. 힘들어서 들이켜는 술 한잔, 나태한 삶의 패턴, 모든 걸 놓아버리는 태도. 이러한 것들은 힘듦을 가중시키는 일밖에 되지 않습니다. 힘든 순간, 나를 지키고 일어나게끔 만들어주는 건 결국 내 마음가짐과 나뿐입니다.

기록하기

기록엔 큰 힘이 있습니다. 특히 어려움에 처했거나, 고민이 있을 때, 마음이 혼란스러울 때 기록은 아주 큰 힘을 발휘합니다. 생각은 빠른 속도로 흐르며 금세 다른 생각으로 연결되곤 합니다. 가만히 10분간 앉아 있더라도, 머릿속에 수만 가지 생각들이 금세 가득해지는 걸 보면 쉽게 이해가 갈 겁니다.

이렇게 빠른 속도로 흘러가는 생각만으로는 지금 내 마음이 어떠한지, 원하는 게 뭔지, 어떻게 하는 게 옳은지에 대해 결정하는 게 쉽지 않습니다. 너무 빠르게 지나가 내가 어떤 생각을 했는지 놓치기 십상이니까요. 기록을 한다는 건 이처럼 빠르게 스쳐지나가는 생각들을 붙잡는 것과 같습니다. 그렇게 지나가는 생각들을 하나씩 적어 내려가다 보면, 어느 순간 하나의 지점으로 생각이 모아지고 연결되고 있음을 깨닫게 될 것입니다.

실제로 저는 고민거리가 생기거나, 불안한 상황 또는 부정적인 감정이 들 때면 지금 내가 하고 있는 생각들을 쭉 적곤 합니다. 키워드 형태로 적기도 하고, 문장 형태로 적기도 합니다. 그렇게 적다 보면 몇 가지 연결 지점들을 발견하게 될 때도 있고, 써내려가며 이미 마음을 토해낸 것과 같은 효과를 느낄 때도 있습니다.

불안하고 무기력한 상황에 빠졌을 때엔 그런 생각과 고민, 마음을 알아차리는 것만으로도 큰 도움이 될 겁니다. 그리고 어쩌면 그 과정에서 해결의 실마리를 찾게 될 테고, 생각 속에선 거대했던 것들이 막상 기록을 통해 꺼내놓고 보니, 불안이라는 녀석이 고민과 상황을 부풀려놓았다는 걸 명확히 알게 되기도 합니다.

세상은 '어쩔 수 없는 것'과 '할 수 있는 것'으로 구성되어 있습니다. 벌어진 일들, 지나간 일들은 후회해도 돌이키거나 무를 수 없습니다. 어쩔 수 없는 것입니다. 하지만 내 마음을 다잡는 방법은 무엇인지, 똑같은 실수를 반복하지 않을 방법은 무엇인지, 내가 할 수 있는 것이 있습니다. 결국 중요한 건 어쩔 수 없는 것이 아니라, 내가 지금 이 순간 할 수 있는 것에 집중하는 것입니다. 그것만이 당신을 불행에서 극복해줄 수 있는 힘이 될 것입니다.

무엇이든 시작해야 알 수 있습니다

처음 글을 쓰게 됐던 계기는 SNS 덕분이었습
니다. 하지만 모든 일엔 일장일단이 있기 때문일까
요. SNS로 얻었던 인정과 인기의 반대편엔 시기,
질투를 비롯한 부정적인 의견들이 가득했습니다.
지금도 SNS에 글을 올리는 사람들, 그리고 그들을
보는 시선들에 대해 어렴풋이 알고 있습니다. SNS
에 올리는 글은 가볍거나, 그저 누구나 할 수 있는
공감의 글로 그친다는 편견 때문에 무시당하기 십
상입니다. 처음 글을 올리고 표현을 했을 때도 마찬

가지였습니다.

"네가 무슨 글을?"

"야, 그런 건 누구나 다 해."

타인의 시선과 인정은 그 벽을 더욱 견고히 쌓습니다. 단순히 글뿐만이 아닙니다. 자본주의라는 벽 앞에, 우리의 실력과 능력은 '돈'이 되지 않으면 인정받기 힘든 시대를 살아가고 있습니다. 누군가의 인정은 내 실력이 되고, 그건 곧 돈이 됩니다. 개인의 재능으로 인정을 받지 못하면 돈이 되지 못합니다. 돈이 되지 못하는 건 무능의 범위 안에 속하게 되는 것이죠.

무능 = 어떤 일을 해결할 능력이 없다 = 능력이 없다 = 인정받지 못한다 = 그 능력으론 돈

을 벌지 못한다

　슬픈 세상입니다. 매 순간 가치를 입증시켜야 하고, 무언가 되어야만 하고, 표현하는 것이 나의 재능을 입증하는 수단이어야만 하고, 지금 이 순간 에도 이 글이 잘 읽히고 있을까 생각하는 저를 보면 말이지요.

　어떤 것이든 '나도 할 수 있겠다'라는 생각이 들었다면, 하면 됩니다. 쓰거나, 찍거나, 그리거나, 부르거나, 만들면 됩니다. 자신의 것으로 표현하는 순간, 그 모든 것은 자신의 것이 됩니다. 기억에 남을 만한 무엇인가가 되는 것이지요. 허나 대다수의 사람들이 '그런 건 나도 하겠다'는 마음가짐만 가진 채 시도하지 않거나, 쉽게 포기하고 맙니다. 그리고 그들은 대부분 이렇게 말하곤 합니다. "쟤는 나에겐 없는 다른 무언가가 있어서 성공한 거야."

평가와 의견을 내는 건 쉽습니다. 허나 조합하
거나 만들어내는 건 어렵습니다. 내 것으로 표현하
는 건 더더욱 어렵죠. 자본주의 사회에서 예술, 표
현, 자신만의 것을 만들어낸다는 건 참으로 애매모
호한 일입니다. 그러니 인정하고 이해하는 삶을 살
며, 개의치 말고, 염두에 두지 말고, 꾸준하게, 당신
이 하고 싶은 대로 살았으면 좋겠다는 말을 해 주고
싶습니다.

우리는 '자본주의'라는 경제체제 시대에 살아
가고 있습니다. 자본주의는 관점에 따라 여러 의미
를 갖고 있겠지만, 자본주의의 특징 중 눈여겨봤던
것은 '모든 재화에 가격이 성립되어 있다는 것'과
'노동력이 상품화된다는 것' 그리고 우리가 접하고

마주하게 되는 모든 것들에 '가격'을 붙인다는 것입니다. 나의 시간과 노력까지 말이죠. 그렇기 때문에 나의 시간과 노력, 내가 겪어내고 있는 환경은 '가격'으로 평가받게 됩니다.

저는 자본주의를 참 좋아합니다. 저의 노력이나 재능들이 언제든 인정받을 수 있고, 인정에 따라 물질적인 보상이 주어지기 때문이죠. 하지만 한편으로는 이런 부분 때문에 자본주의를 경계합니다. 자본주의 체제 아래에서 사람들은 각자의 이윤을 창출하기 위해 일을 하게 되었습니다. 일은 직업이라는 개념을 만들었고, 직업은 전문성을 강조하게 되었습니다. 각 분야의 전문가들 덕분에 세상은 발전하고 편리해졌지만, 개개인의 가치와 일에 대한 행복은 그렇지 않게 되었지요.

어쩌면 자본주의의 단점 중 하나는 '전문화'일 것입니다. 우리가 즐길 수 있는 것들마저도 모두 전문화되어 즐기는 것 자체를 부담스럽게 만들었기 때문입니다. 노래는 가수가, 그림은 화가가, 글은 작가가, 그리고 가격으로 매길 수 없는 노래와 그림과 글은 가치가 없다고 판단하도록 만들어버렸습니다.

최근 슬프게 봤던 글이 하나 있습니다. '애매한 재능은 잔인하다'라는 글이었습니다. 재능이 애매하기 때문에(정말로 애매한지는 모르겠으나) 본인이 생각했을 때 잘한다고 생각하는 재능을 살리기 위해 우리는 노력을 합니다. 하지만 주변의 경쟁 상대들에게 밀리기 시작하고 본인이 잘한다고 생각했던 것들은 들이는 노력에 비해선 좀처럼 결과가 나오지 않습니다(가격이 되지 않습니다). 결국 그렇게 시간은 계속 흘러가다보니, '애매한 재능은 잔인하다'

라는 이야기가 나오는 것입니다. 재능이 애매하다는 말 역시도 '자본주의 안에서 가격이 형성되지 않았기에, 들인 시간과 노력이 헛되었다'라는 생각을 바탕으로 판단한 것일 테죠.

　이 애매한 재능이라는 말과 자본주의의 부정적인 면은, 어쩌면 우리 모두가 직업적 성공에 초점을 맞추고 있기 때문이 아닐까요. 개개인이 추구하는 가치와 행복함을 느끼는 것은 모두 다 다릅니다. 하지만 발달된 미디어와 타인과 밀접한 거리에서 들려오는 이야기들은 자연스럽게 나의 생각과 비교하게 되고, 타인의 불행을 자신의 위치에 대한 안도감 정도로 생각하게 만들고, 타인의 행복과 성취를 자신의 불행과 열등으로 만들어버리게 됩니다. 그러면서 '돈'이 되지 않는 것은 의미가 없다거나, 직업적으로 재능이 없으면 빠르게 포기를 해야 한다거나, 누구보다 잘해야 된다거나와 같이 모두 똑같은 가치를 추구하게끔 만들게 된 것입니다.

비교와 자책, 자극적인 소재들과 자본으로 물들어진 것에 의해 삶의 본질을 잊게 만듭니다. 삶의 본질은 '가치'와 '의미'에 있습니다. 여기에 인생을 대하는 '나의 생각'이 담겨져 있습니다. 사람은 누구나 저마다의 관점과 추구하는 것들로 삶을 살아가게 됩니다. 하지만 대부분의 사람들은 자신이 어떠한 가치를 추구하고 있는지, 내가 하는 행동과 지금 하는 일들이 어떤 의미를 지니고 있는지에 대한 생각은 별로 하지 않습니다. 귀찮고 두렵기 때문이죠. 하지만 자신이 추구하는 가치가 무엇인지 안다는 것은 굉장히 중요한 일입니다. 누군가는 가정의 행복을 최고의 가치로 삼을 수 있고, 누군가는 부를 많이 축적하는 것을 최고의 가치로, 누군가는 타인에게 선한 영향력을 끼치는 것을 최고의 가치로, 누군가는 매 순간을 관리하고 최선을 다하며 살아가는 것을 최고의 가치로 삼으며 살아갈 수 있을 것입니다.

자신이 어떤 가치를 추구하는지, 어떤 욕망을 갖고 있는지 안다는 것은 삶을 거시적으로 관찰할 수 있게 만들어주는 힘을 갖고 있습니다. 하루하루 일희일비하는 것이 아닌, 감정에 휩쓸려 섣부른 선택을 하게끔 만드는 것이 아닌, 삶을 여행으로 대하게 만드는, 불안과 두려움을 잠재울 수 있는 힘을 갖게 만드는 것이죠.

예를 들어, 가정의 행복을 최고의 가치로 추구하는 A가 있습니다. A는 가정의 행복을 위해 많은 노력을 기울이고 있습니다. 그리고 또 한 사람 B가 있습니다. B는 물질적인 욕구가 강하며 최고의 가치를 돈에 두고 있는 사람입니다. 다른 가치를 추구하는 두 사람이 대화를 나눕니다. 하지만 돈을 위해 일을 하는 B는 가정의 행복을 위해 일을 하는 A를 이해하지 못하고, 반대로 A 역시 가정이 아닌 돈만을 좇는 B를 이해하지 못합니다. 이 두 사람의 경우는 그나마 다행인 케이스입니다. 서로 각자가 추구하고 있는 가치가 무엇인지 명확하게 알고 있기 때문이죠.

하지만 A와 B가 자신이 추구하는 것이 정확하게 무엇인지 모르는 상태였다면, 이야기는 달라집니다. 분명 행복한 상태라는 것은 알겠지만, 다른 부분이 눈에 들어오기 시작하는 것입니다. A는 가정에 충실할 때 행복하지만, 돈이 많은 B를 보고 열등감에 휩싸이기 시작합니다. 자신이 무능한 사람처럼 보이기도 하고, 심한 경우 가정이 자신을 방해하고 있다고 생각하기도 합니다. B 역시 돈만을 좇느라 가정의 행복은 뒷전에 됐다는 생각이 들기도 하고, 심한 경우 자신이 걸어온 삶이 후회되기 시작합니다.

자신의 삶에 대해서 '괜찮게 살아가고 있는 걸까?', '잘 살고 있는 걸까?' 하는 질문은 꼭 필요합니다. 물론 본인이 추구하고 있는 가치들이 무엇인지 정확하게 알고 있다는 전제하에 말이죠. 만일 본인이 추구하고 있는 가치가 무엇인지 모른 채 위의 질문들을 하게 된다면, 혼란스러워지거나 불안함이 찾아오게 될 것입니다. 어디로 가는지도, 어디로 가야 할지도 모르니까요. 그러니 가장 중요한 건 내가 무엇을 추구하는지 '아는 것'입니다.

우리는 '전문성'이라는 이름으로 자신이 속한 분야의 진입장벽을 조금 더 견고히 쌓습니다. 그리고 쌓인 진입장벽 안의 사람들을 보면 '어떻게 저걸 해낼 수 있었지?' 하는 생각이 들기 마련이죠. 나는 도무지 닿을 수 없는 '천재'라는 영역에 닿아 있는 것 같고, 소위 '천재'들은 그들만의 리그 속 사람들과 닿아 있을 것으로만 생각합니다.

하지만 제가 겪었던 세상은 그렇지 않았습니다. 그들 또한 사람입니다. 감히 말하지만, 저는 '천재는 만들어진다'고 생각합니다. 천재가 되려면 '선천적인 재능', '재능을 빠르게 발견하는 타이밍', '다른 사람들이 공감할 수 있는 몇 가지 포인트', '재능을 뒷받침하는 노력'이 합쳐져야 하죠. 이 모든 것들 중 하나라도 빠진다면 천재는 만들어지지 않습니다.

허나 대부분의 재능은 죽을 때까지 발견되지 못하거나, 발견되더라도 다른 사람들이 공감하지 못하거나(시대에 맞지 않거나), 재능을 뒷받침하는 꾸준한 노력이 없어서 묻히고 맙니다. 실제로 거의 모든 분야가 그렇습니다. 사업을 하다보면 실리콘 밸리에서 온 천재 사업가들을 마주하고, 글을 쓰다 보면 등단한 천재 작가들을(저는 등단하지 못했습니다) 마주하고, 음악을 만들다보면 프로페셔널한 천재 뮤지션들을 마주하게 됩니다.

그들을 마주할 때마다 느꼈던 사실 하나는 '재능이 선천적으로 타고났기 때문'에 천재라 불리는 것이 아니라, 그 누구보다 '꾸준했기 때문'에 천재라고 불리게 된 것이었습니다. 그들의 공통점은 속된 말로 '미친놈'이라는 생각이 들 정도로 그 일에 미쳐있었고, 자신의 재능을 계속해서 발전시켰으며,

사람들에게 좋은 영감을 주기 위해 밤새 고민하고 노력한다는 것이었습니다.

노력은 디폴트값입니다. 인정받고 싶다는 욕구가 있다면 당연히 뒷받침되어야 하는 필수 요소입니다. 그렇게 실력이 어느 정도 범주에 이르면 결국 '설득'의 문제에 다다르게 됩니다. 그렇기에 '대중들에게 얼마큼 낯설면서 친숙하게 다가갈 수 있느냐'까지가 해결해야 할 숙제가 되는 것입니다.

이를 위해선 자신이 하는 일에 대해 객관적으로 볼 줄 아는 능력이 초석이 되어야 합니다. 시장에서 내가 어떤 위치(포지션)를 갖고 갈지에 대한 분석과 통찰이 한 사람의 예술성과 사업성을 더 많은 사람들에게 와닿게 만들어 줄 테고, 결국 더 많은 사람들에게 가닿은 것만이 인정받고, 돋보일 것이기 때문입니다.

　그러니 전문성에 주눅 들지 말아야 합니다. 무언가 되고 싶다는 생각이 든다면, 가장 먼저 그 시장의 모습은 어떻고 흐름은 어떤지 알아보고, 나는 무엇을 해내거나 제공할 수 있는지 치밀하고 치열하게 고민해보아야 합니다. 그리고 '미친놈'이라는 소리를 들을 만큼 꾸준한 노력으로 실력을 키워나가야 합니다. 스스로를 설득할 만한 실력을 갖췄다면, 다음은 사람들을 설득시킬 수 있어야 합니다. 결국 천재는 만들어지는 것이기 때문입니다.

　당장에 돈이 되지 않는다고 해서, 전문가들에 비해 실력이 모자라다고 해서 그만두지 마세요. 내가 하는 행위들이 나를 기쁘게 하는 것만으로도 의미 있고 가치 있는 일이라는 것을 기억해야 합니다.

결국 행복의 흔적들을 많이 남기는 것이 인생을 가장 보람차게 보내는 방법일 테니 말이죠.

한 발자국 뒤에 서서 바라보는 연습

저는 많은 일들에 일희일비하곤 했습니다. SNS에 올리는 콘텐츠의 좋아요 숫자, 카페의 일일 매출, 책의 판매량과 순위 등 나를 둘러싸고 있는 모든 것들에 대해 잘되면 기뻐하고, 안되면 크게 낙담하곤 했습니다.

좋은 결과가 있는 날에는 세상을 가진 듯 의기 양양한 태도로 하루를 보냈고, 좋지 않은 결과를 마주한 날에는 모든 걸 잃은 듯 절망에 휩싸인 채로 하루를 보내기 일쑤였습니다. 누구나 그런 감정을 느끼는 것은 당연한 것 아니냐고 말할 수도 있겠지만, 스스로가 생각했을 때에도 정도가 심할 때가 많았습니다. 이를테면 일이 잘 풀린 날엔 기쁨에 젖어 고삐가 풀릴 정도로 술에 취하기도 하고, 일이 잘 안 풀린 날엔 마치 큰 죄를 지은 것처럼 자책과 실망감에 휩싸여 한 끼도 먹지 않을 때도 있을 정도라고 하면…… 얼마나 심했는지 설명이 되었을까요.

생각해 보면 저는 학창시절부터 그랬습니다. 가고 싶었던 대학교에 진학하지 못하자 내 인생 전체가 꼬여버렸다는 생각을 했고, 평소 멋있고 존경하던 사람이 나를 미워한다는 말을 듣고는 스스로를 쓸모없고 못난 사람이라 자책하기도 했습니다. 군대에서 다리를 다쳐 휠체어를 타고 다녔을 때는 평생 못 걸을 것만 같아 두려웠고, 하루 400만 원씩 나오던 카페 매출이 10만 원밖에 나오지 않은 날에는 세상이 무너지는 것만 같았습니다. 또 15만 부가 팔린 내 책이 중고 서점에서 거래되는 것을 볼 때면, 사람들에게 잊혔다는 생각이 들곤 했습니다.

그러다 1년이 넘게 준비한 프로젝트를 보기 좋게 말아먹은 날, 세차게 쏟아지는 비를 보면서 문득 이런 생각이 들었습니다. 지금 이 순간 아무리 많은 비가 쏟아진다고 해도, 결국 비는 그칠 것이라는, 결국 비는 매일 오지 않는다는 것을. 비 오는 날도 수많은 인생 중 하루고, 해가 뜨는 날도 수많은 인생 중 하루라는 것을.

결국 좋지 않은 일 역시도 어떤 식으로든 내 인생에 스며들 것입니다. 스며든 모든 일들은 내게 일종의 자양분이 되어 무럭무럭 자랄 환경을 만들어 줄 거름이 되고, 높이 뛰어오를 수 있게 도와줄 트

램펄린이 되어 주기도 할 테지요. 때론 흉터가 되어 쳐다만 봐도 쓰라릴 때도 있겠지만, 쓰라린 흉터를 보듬어줄 수 있을 때, 비로소 우리는 모든 것을 받아들일 수 있게 될 것입니다.

아프고 상처받는 것이 두려워질수록 누구나 피하려고 하지만, 피하려 할수록 하나의 기쁜 일과 하나의 슬픈 일에 일희일비하게 되고, 슬픈 것들을 더 크게 받아들이게 됩니다.

기쁜 게 하나 있으면, 슬픈 것도 하나 있습니다. 그런 의미에서 나쁜 일이 생기더라도 비관하지 않는 태도가 중요합니다. 그 아무리 나쁜 일이더라도 내 인생에 어떤 식으로 녹아드는지는 이를 받아들이는 태도에 달려 있기 때문입니다.

길게 보면 오르락내리락하는 일들 중 하나일

뿐입니다. 너무 화내지도 너무 슬퍼하지도 않는다면, 결국 우리는 그 속에서 잔잔한 행복을 느낄 수 있습니다. 인생은 때때로 안되고, 때때로 잘될 테니, 그냥 오르락내리락하는 것일 뿐이니, 일희일비하지 않아도 됩니다.

그저 한 발자국 뒤에 물러서서 바라보면 일희일비를 줄일 수 있습니다. 걱정을 대하는 방법처럼 일희일비의 순간으로 들어갈수록 조급하고 초조하고 불안해지기 마련입니다. 한 발자국 뒤로만 물러나 있어도 다가온 것들을 크게 받아들이지 않게 되고, 마음 속 여유를 찾을 수 있습니다.

저는 매일을 불안과 혼돈 속에 살아가고 있습니다. 모든 일이 그렇겠지만, 제가 하고 있는 일 중 가장 책임감을 갖고 임하는 사업이 그렇습니다. 어떻게 될지 모르는 것에 전력투구를 하기도 하고, 매 순간 온갖 리스크를 끌어안고 일을 진행하기도 합니다. 이에 누군가는 "그러다 사업이 망하면 어떻게 하려고 그래?"라고 묻기도 합니다. 저 역시 불안해질 때면 스스로에게 묻기도 하는 질문이지요.

하지만 사업이 망한다고 해서 제 인생이 망하는 건 아닙니다. 사업은 내가 하는 일, 내가 펼쳐놓은 것들 중 하나일 테고, 나의 일부가 없어진다고 해서 나라는 사람 자체가 없어지는 건 아니기 때문입니다.

잘 안됐던 것엔 분명 이유가 있는데, 일희일비하다 보면 자신이 어떤 실수를 했는지, 어디부터 잘 못됐는지 놓치기 마련입니다. 일희일비하는 감정 속에서 굴곡이 심해 중심을 잃기 때문인데, 중심을 잃을수록 시선은 바깥으로 향하게 됩니다. '상황 때문에', '그 사람 때문에' 안된 것이라며 잘못을 다른 쪽으로 돌리게 되는 것이지요. 하지만 앞서 말했듯, 한 걸음 뒤에서 바라보게 되면 마음에 여유가 생기면서 불안과 초조함이 없어지고, '그래, 그럴 수도 있지'라는 생각이 들면서, '왜 그렇게 된 것일까?' 하고 천천히 분석할 수 있게 됩니다.

지금 당장 일이 잘 안 풀려도 괜찮습니다. 이내 잘 풀릴 테니까요. 설령 그 일을 아예 망쳐버린다 하더라도 괜찮습니다. 그저 내 인생의 일부일 뿐이고, 그로 인해 많은 것을 깨달았을 테니까요. 수십 년이 흐른 뒤, 망쳐버린 일을 떠올렸을 때 여전히 낙심하고 있지만은 않게 해줄 테니까요. 오히려 그 일이 있었기에 지금의 내가 있을 수 있었다며 행복한 웃음을 짓고 있을 것입니다. 괜찮습니다.

바로 지금입니다

하고 싶은 게 생기면 지금 당장 하는 게 좋습니다. 할 수 없다는 생각은 잠시 넣어두고 지금 당장 해 보는 것이죠. 도전하지 않는다면, 계속해서 걱정만 생길 뿐입니다. 스피노자의 명언 중 이런 말이 있습니다. "자신이 할 수 없다고 생각하고 있는 동안, 사실은 그것을 위한 노력을 하기 싫다고 다짐하고 있는 것이다." 결국 할 수 없다고 말하는 것은 노력을 하기 싫은 변명에 불과하다는 것입니다.

누군가를 좋아하는 마음이 생기면 고백을 하고, 무언가가 먹고 싶으면 고민 없이 먹는 것처럼 무엇이든 좋으니 하고 싶은 것이 있다면 하길 바랍니다. 지금 당장. 당신은 무엇이든 이루어낼 수 있는 사람입니다. 설령 실패한다 하더라도 어떠한 형태로든 얻는 것은 있을 테니까요. 수많은 도전을 통해 제가 겪은 한 가지 교훈은 도전한다고 해서 손해 보는 일은 절대 없다는 것입니다.

수많은 성공한 사람들의 이야기만 보아도 그들이 하나같이 전하고 있는 메시지는 단 하나였습니다. "하고 싶은 게 있으면, 지금 당장 해라."

성공한 사람들 대부분은 이미 말하기 전에 행동으로 보여주고 있었습니다. 그들은 몸소 부딪히고 직접 깨달으며, 성공의 방정식에서 최고의 키워드는 '지금^{now}'과 '해^{do}'라고 말하고 있습니다. 또한 그들은 흔히 일반적으로 생각하는 '일^{work}'을 단순히 일이라고 생각하지 않았습니다. 스스로 하고 싶은 일이었기에 스트레스로 여기지 않고 그저 원하는 대로 행동할 뿐이었습니다.

마음속에 무엇인가가 끓어오른다면, 지금이 바로 시작할 때입니다. 지금 시작하지 않으면, 끓어오른 마음은 이내 식어갈 것입니다. 그렇게 식어가는 마음에는 불안이 자리 잡게 되고, 불안은 곧 걱정을 낳고, 걱정은 망설임을 심어주게 됩니다. 악순환의 반복인 셈이지요.

피어오른 마음을 행동으로 옮겼을 때, 비로소 우리는 하나의 결과라는 꽃을 피울 수 있습니다. 무엇이든 할 수 있을 때는 바로 지금입니다. 지금 당신은 무엇이든 이뤄낼 수 있습니다. 당신의 삶에서 언제나 주인공은 당신입니다.

엔딩크레딧

　고등학생 시절 머리를 빡빡 밀고 공부를 시작하니 사람들은 벌써 늦었다고, 해도 안될 거라고 말했습니다. 좋지 못한 점수로 지방대에 진학하자, 사람들은 "그것 봐"라며 자신의 의견에 확신을 얻었습니다. 지방대에 진학했지만, 그래도 좋은 곳에 취업할 거라며 잠도 안 자고 취업 준비를 할 때는 모두가 이제 와서 그게 되겠냐며 이미 한계라고 저를 타일렀습니다. 취업 준비를 하던 무렵 제가 좋아하는 게 무엇인지 어렴풋이 깨달은 뒤, SNS에 글을

당신은 결국 무엇이든
해내는 사람

써서 올리자 사람들은 "정신 나갔냐? 왜 그러고 사냐?"고 말했습니다.

글이 좋은 반응을 얻어 책을 내고 싶다고 하자 "네가 무슨 책을 내냐, 책이 그렇게 쉽냐?"고 말했고, 70곳이 넘는 출판사에서 거절을 당했습니다. 결국 펀딩으로 후원을 받아 책을 출간하고 베스트셀러가 되자, 누군가는 이게 책이냐고 했고, 누군가는 다음 책을 함께 해보자고 했습니다.

출판사를 차리고 싶다고 했을 때는 이미 죽어가는 업계라고 했고, 망해야 정신 차릴 거냐며 저를 다그치기도 했습니다. 하지만 출판사가 잘되자, 누군가는 돈에 미쳤다고 했고, 누군가는 자신도 책을 내고 싶다고 했습니다.

카페를 차린다고 했을 때도 마찬가지였습니다. 간판도 없는 지하에서 잘되겠느냐고 했고, 카페가 망하자 또다시 그것 보라며, 내 말이 맞지 않느냐며 저를 질책했고, 햇빛도 보이고 넓은 곳에 차리면 망하지 않을 거라고 말하자, 카페는 레드오션이라고, 무슨 자신감으로 그러는 거냐고 큰소리쳤습니다. 결국 카페가 잘되자, 누군가는 운이 좋았을 뿐이라고 했고, 누군가는 고생 많았겠다고 응원해주었습니다.

누군가는 나를 비난하고 누군가는 나를 응원해주는 것처럼, 인생 역시 때때로 안되고, 때때로 잘됩니다. 내가 통제할 수 없는 범위에 놓인 것들에 일일이 마음 써봤자 달라질 건 없습니다. 그 안에서 내가 할 수 있는 일은 잘되면 잘되는 대로, 안되면 안되는 대로 받아들인 뒤, 나에게 집중하고 다음을 준비하며 나아가는 것뿐입니다. 마냥 좋아보이던 것들도 막상 겪어보면 '내가 왜 좋아했을까' 싶을 때도 있고, 정답인 줄만 알았던 것들이 틀릴 때도 있습니다. 또 중요하게 생각했던 게 지나고 보니 아무것도 아닌 것으로 바뀔 때도 있었습니다. 인생이 그런 것 같습니다. 오르락내리락, 왔다 갔다 하는 것. 그러니 잘 안된다고 해서 낙심할 것도 없습니다. 결국 생각만큼 잘 안되는 것 같지만, 생각보다 잘될 일들이 더 많을 테니까요.

사람들도 그렇습니다. 안되면 누군가는 그럴 줄 알았다며 달려들고, 누군가는 괜찮다고 고생 많았다고 토닥여줍니다. 잘돼도 누군가는 운이 좋았을 뿐이라 치부하고, 누군가는 그래서 어떻게 한 거냐며 박수를 건네곤 합니다. 모든 처음이라는 것에는 손가락질이 따라올 수밖에 없습니다. 손가락질은 안되면 그것 보라며 거세질 것이고, 잘되면 하나 둘 펴져 박수를 건네기도 할 테지요.

내가 걸어갈 모든 길은 나에게 있어서는 처음 가는 길입니다. 누군가 해 봤다며 조언을 건네 와도 그건 그 사람이 걸어갔던 길일 뿐이고, 누군가 안될 거라 비웃어도 그건 그 사람이 겪어왔던 것일 뿐입니다.

확신은 타인으로부터 나오는 것이 아닙니다. 타인으로부터 나오는 건 불안뿐입니다. 내가 걷는 길은 나만 알고 있고 나만 알 수 있습니다. 되고 싶다면 하면 되고, 하기 싫다면 바라지 않으면 됩니다. 사람들은 내가 잘되어도, 잘 안되어도 그 이유를 나에게서 찾을 것입니다. 그러니 무엇이든 개의치 말고 나만의 생각과 방법으로 나아가면 됩니다.

결국 내가 겪어내고 버텨왔던 지난한 시간들이 나를 지탱해 줄 힘이 될 테니까요.

그럼에도 불구하고
당신은 결국 무엇이든 해내는 사람입니다.
다 잘될 것입니다.
그러니, 당신을 믿으세요.

당신은 결국 무엇이든 해내는 사람

초판 1쇄 발행 2022년 04월 20일
초판 31쇄 발행 2024년 11월 30일

지은이 김상현
펴낸이 김상현

총괄 유재선 **기획편집** 전수현 김승민 주혜란 **디자인** 이현진
마케팅 김지우 김예은 송유경 김은주 남소현 성정은 김태환
경영지원 이관행 김범희 김준하 안지선

펴낸곳 필름(Feelm) 출판사
등록번호 제2019-000086호 **등록일자** 2016년 6월 13일
주소 서울시 영등포구 영등포로 150, 생각공장 당산 A1409
전화 070-4141-8210 **팩스** 070-7614-8226
이메일 book@feelmgroup.com

필름출판사 '우리의 이야기는 영화다'

우리는 작가의 문체와 색을 온전하게 담아낼 수 있는 방법을 고민하며 책을 펴내고 있습니다.
스쳐가는 일상을 기록하는 당신의 시선 그리고 시선 속 삶의 풍경을 책에 상영하고 싶습니다.

홈페이지 feelmgroup.com **인스타그램** instagram.com/feelmbook

ISBN 979-11-88469-99-4 (03810)